# 小説 12歳。
## ～キミとふたり～

原作／まいた菜穂
著／山本櫻子

# 12歳。
## ～キミとふたり～

人《じん》物《ぶつ》紹《しょう》介《かい》

高《たか》尾《お》優《ゆう》斗《と》

クールで頭《あたま》が良《よ》く
頼《たよ》れる性格《せいかく》。
イケメンで女子《じょし》に大人気《だいにんき》。

綾《あや》瀬《せ》花《はな》日《び》

元気《げんき》で明《あか》るい女《おんな》の子《こ》。
子《こ》どもっぽく、
まっすぐな性格《せいかく》。

## 蒼井結衣《あおいゆい》

大人《おとな》っぽくて
しっかり者《もの》だけど、
本当《ほんとう》は臆病《おくびょう》なところも。

## 桧山一翔《ひやまかずま》

やんちゃで意地《いじ》っ張《ば》り。
結衣《ゆい》には不器用《ぶきよう》だけど
優《やさ》しい。

## 小倉《おぐら》まりん

花日《はなび》と結衣《ゆい》の友《とも》だち。
モテる姉《あね》のおかげで
恋愛《れんあい》の達人《たつじん》。

# CONTENTS
コンテンツ

# side《サイド》 花《はな》日《び》

ランドセルを背負《せお》って立《た》ちあがった私《わたし》は、つま先《さき》をトントンして、靴《くつ》の中《なか》で足《あし》の位置《いち》をととのえる。

「いってきまーす！」

玄関《げんかん》のドアの前《まえ》でそう言《い》うと、お父《とう》さんのワイシャツにアイロンがけしていたお母《かあ》さんが、リビングから大《おお》きい声《こえ》で返事《へんじ》をしてくれる。

「いってらっしゃーい。車《くるま》に気《き》をつけるのよ！」

「はーい」

そう答《こた》えて、元気《げんき》いっぱいに歩《ある》き出《だ》す。

――うん、今日《きょう》もいい天気《てんき》！

私《わたし》、綾瀬花日《あやせはなび》、十二歳《じゅうにさい》。

今日《きょう》はちょっとだけ、ドキドキしています。それは、なんでかと言《い》うと……。

「おはよう、花日《はなび》！」

「あ、おはよう、結衣《ゆい》ちゃん！」

通学路《つうがくろ》の途中《とちゅう》の公園前《こうえんまえ》で、結衣《ゆい》ちゃんが手《て》を振《ふ》っている。

その顔《かお》を見《み》ただけで、ココロがふわふわしてきた。朝《あさ》から会《あ》えてうれしいな。

蒼井結衣《あおいゆい》ちゃんは、私《わたし》の大好《だいす》きな友《とも》だち。出席番号《しゅっせきばんごう》も近《ちか》くて、「あおい」の結衣《ゆい》ちゃんが一番《いちばん》で、「あやせ」の私《わたし》が二番《にばん》。いつも一緒《いっしょ》にいてくれる、優《やさ》しい女《おんな》の子《こ》なんだ。

結衣《ゆい》ちゃんはしっかり者《もの》で、私《わたし》が困《こま》っているといつも助《たす》けてくれる、なんだかお姉《ねえ》ちゃんみたいで、たまにお母《かあ》さんみたいなの。

「昨日《きのう》のテレビ、見《み》た？　面白《おもしろ》かったね」

「う、うん。……えっと、そうだね！」

んー……結衣《ゆい》ちゃん、気《き》づくかな……どうかなぁ？

つい、そわそわした私《わたし》が、うわのそらで返事《へんじ》してるのに気《き》がついたんだと思《おも》う。結衣《ゆい》ちゃんが「花日《はなび》？」と、小首《こくび》をかしげてこっちを見《み》た。

わ、わかるかな……？

ドキドキしていたら、結衣《ゆい》ちゃんの目《め》がくるんと丸《まる》くなった。

「あっ、今日《きょう》、花日《はなび》のリボン、新《あたら》しいのだね！　水玉模様《みずたまもよう》、かわいい！」

「ほんと!?　やったあ！」

安心《あんしん》して、私《わたし》はふわぁ……と胸《むね》をなでおろす。

「そうなの。今日初《きょうはじ》めてつけてみたんだ！　えへへ、ありがとう！」

「とっても似合《にあ》ってるよ」

「ありがと！　結衣《ゆい》ちゃん！　実《じつ》はちょっと緊張《きんちょう》してたの」

うれしくて、その場《ば》でぴょんぴょん飛《と》び跳《は》ねたら、結衣《ゆい》ちゃんが笑《わら》ってくれた。

かわいいヘアアクセをたくさん持《も》ってる結衣《ゆい》ちゃんにほめてもらえると、うれしい。

「わかる。私《わたし》も初《はじ》めてのアクセ使《つか》うときは、ドキドキするもん。……あ、そうだ」

結衣《ゆい》ちゃんが私《わたし》に近《ちか》づいて、こそっと耳《みみ》もとでささやく。

「高尾《たかお》もね、きっと、かわいいって思《おも》ってくれるよ」

6年2組
綾瀬花日

「……えっ？」

「ふふっ、花日《はなび》、真《ま》っ赤《か》～」

「も、もぉ！」

思《おも》わず両手《りょうて》を振《ふ》り回《まわ》す。だって想像《そうぞう》したら、なんだか照《て》れちゃうよ。

「どうしたの？」

「ふぁっ⁉」

突然《とつぜん》、聞《き》きおぼえのある低《ひく》い声《こえ》でそう言《い》われて、私《わたし》はその場《ば》で飛《と》びあがった。

「おはよう、綾瀬《あやせ》」

「……お、おはよう、高尾《たかお》！」

振《ふ》り返《かえ》ったら、いままさに結衣《ゆい》ちゃんとウワサしていた本人《ほんにん》がいた。

朝《あさ》から高尾《たかお》に会《あ》えるなんて、うれしいな。

あ。高尾優斗《たかおゆうと》は私《わたし》の彼氏《かれし》。とってもかっこよくて、頭《あたま》もめちゃくちゃよくて、えっと
私《わたし》の……大好《だいす》きな人《ひと》、です。

「顔《かお》、赤《あか》いよ？　大丈夫《だいじょうぶ》？」

背《せ》の高《たか》い高尾《たかお》が、少《すこ》しかがんで、私《わたし》の顔《かお》をのぞきこんでくる。

「ふふっ。これはね……」

結衣《ゆい》ちゃんが、イタズラっぽくそう言《い》うのを、私《わたし》は慌《あわ》ててさえぎった。

言《い》わないで、って気持《きも》ちで手《て》をパタパタさせる。そしたら、結衣《ゆい》ちゃんが、ちょっと

不思議《ふしぎ》そうな顔《かお》をした。……うん。リボンのことは、今《いま》は言《い》わなくていいの。だって、

恥《は》ずかしいもん。

「な、なんでもないよ！　平気平気《へいきへいき》！」

「そう？　なら、良《よ》かった」

高尾《たかお》はそう言《い》って、微笑《ほほえ》んだ。

「高尾《たかお》って、本当《ほんとう》に優《やさ》しいね」

こそっと、結衣《ゆい》ちゃんが私《わたし》にささやく。

「うん」

でも、今日《きょう》は朝《あさ》からココロがふわふわしてる。なんだかとっても、いい日《ひ》みたい。

やっぱり、新《あたら》しい水玉《みずたま》のリボンの魔法《まほう》なのかな？

かわいいものって持《も》ってるだけで、ココロがふわふわになるから。

ヘアアクセひとつ、髪型《かみがた》ひとつでも、ステキにイメチェンできたら……いつもとちがう自分《じぶん》、って感《かん》じで、一日《いちにち》ずっと楽《たの》しい気分《きぶん》で過《す》ごせちゃう。


……＊……＊……＊……


「おはよう」

「あ、おはよう、花日《はなび》！」

教室《きょうしつ》についたら、まりんちゃんたちが、窓側《まどがわ》の一番後《いちばんうし》ろの席《せき》に集《あつ》まっていた。

「樹和《きわ》ちゃん、メガネにしたんだってー」

「メガネ？」

みんなに囲《かこ》まれて、原田樹和《はらだきわ》ちゃんが、ちょっと小《ちい》さくなってた。

樹和《きわ》ちゃんは、おとなしい子《こ》だから、みんなに注目《ちゅうもく》されてるのが恥《は》ずかしいのかも。

「樹和《きわ》ちゃんて、目《め》、悪《わる》かったんだ？」

結衣《ゆい》ちゃんがたずねると、樹和《きわ》ちゃんは小声《こごえ》で、

「う、うん……最近《さいきん》、黒板《こくばん》がよく見《み》えないことがあったから……お母《かあ》さんが……」

こそっと答《こた》えて、赤《あか》いフレームのメガネに手《て》をかけた。

樹和《きわ》ちゃんのメガネ姿《すがた》を見《み》たのは、私《わたし》も初《はじ》めてで、ちょっと驚《おどろ》いちゃった。

「お、おかしく、ないかな……」

「そんなことないよ。それに、なんだか頭《あたま》がよく見《み》えてカッコイイね！」

私《わたし》がそう言《い》うと、樹和《きわ》ちゃんはふふって笑《わら》った。

「花日《はなび》ちゃん、かけてみる？」

「いいの？　ありがとう！」

えへへ。メガネをかけるのって、初《はじ》めて。

樹和《きわ》ちゃんから手渡《てわた》されたメガネのツルを、両手《りょうて》で持《も》ってみる。……あれ？　思《おも》ったより軽《かる》いんだなあ。

「えっと……こんな、感《かん》じ？　……わあっ！」

「花日《はなび》？」

いきなり私《わたし》が大《おお》きな声《こえ》をあげたから、みんなびっくりしてる。

「め、目《め》の前《まえ》が、ぐらぐらする……」

船《ふね》に乗《の》って、揺《ゆ》れてるときみたい！　それに、目《め》の前《まえ》にモヤがかかったみたいにぼやけて、よく見《み》えないよー。

「花日《はなび》、外《はず》して、外《はず》して！」

何《なに》かに気《き》づいた結衣《ゆい》ちゃんが、ぱっと私《わたし》の顔《かお》からメガネを外《はず》してくれた。

ふぅ、助《たす》かった〜……。

「そっか。花日《はなび》ちゃんは、目《め》がいいんだよ」

そう言《い》ったのは、竹本絢理《たけもとあやり》ちゃんだった。肝《きも》っ玉母《たまかあ》さんみたいなキャラで、クラスみんながみとめる元気者《げんきもの》だ。

絢理《あやり》ちゃんもメガネをかけている。でもメガネさんとしてはベテラン（？）で、四年《よねん》生《せい》くらいからずっとかけてるから、もうみんなも見《み》なれてるんだけど……。

「びっくりした〜」

私《わたし》が目《め》をごしごしこすって言《い》うと、結衣《ゆい》ちゃんが首《くび》をかしげた。

「どんな感《かん》じだったの？」

「えっと……目《め》の前《まえ》が、ぼんやりしちゃって、よく見《み》えなかったの。私《わたし》ね、メガネしたら虫《むし》メガネのときみたいに、なんでも大《おお》きく見《み》えるんだと思《おも》ってたよー」

「あはは。そういうのじゃないんだよ」

絢理《あやり》ちゃんが豪快《ごうかい》に笑《わら》って、私《わたし》の肩《かた》をぽんぽんと叩《たた》く。

「逆《ぎゃく》にあたしは、メガネがないと、そんな感《かん》じになっちゃうんだ。景色《けしき》がぼやけちゃって、ぜんぜんよく見《み》えないの」

「樹和《きわ》ちゃんも？」

「う、うん……」

樹和《きわ》ちゃんは、両手《りょうて》の指《ゆび》をもじもじと動《うご》かしながら、下《した》を向《む》いてしまった。

「最近《さいきん》ね、急《きゅう》に……目《め》が悪《わる》くなって。黒板《こくばん》も見《み》えない、けど、じっと見《み》ようとすると、なんだか、目《め》つきが悪《わる》くなっちゃったり、して……」

「そうなんだ」

でも、目《め》つきが悪《わる》くなるって、どうしてなんだろ？

私《わたし》が不思議《ふしぎ》がっていると、横《よこ》から絢理《あやり》ちゃんがすかさず答《こた》えてくれる。

「あたしもそうだから、すっごいよくわかる。あのね、花日《はなび》ちゃん。目《め》が悪《わる》くなると、黒板《こくばん》の字《じ》なんかをよーく見《み》ようとしたときに、眉間《みけん》にしわがよって、目《め》が細《ほそ》くなるの。それで、なんだか怒《おこ》ってにらんでるみたいな、ヤな感《かん》じになっちゃうんだ」

うん、と樹和《きわ》ちゃんがうなずいている。

そっか……。全然《ぜんぜん》、知《し》らなかった。

さっき、ほんのちょっと体験《たいけん》しただけなのに、はっきりものが見《み》えない世界《せかい》って、なんだか怖《こわ》かった。樹和《きわ》ちゃんたちは、メガネなしだと、いつもあんな感《かん》じなんだ。

「メガネ作《つく》って、よかったね！　樹和《きわ》ちゃん！」

両手《りょうて》をグーにして、力強《ちからづよ》く私《わたし》が言《い》うと、まりんちゃんが「花日《はなび》、力《りき》みすぎじゃない？」とちょっと呆《あき》れている。でも。

「ちゃんと見《み》えないのって、怖《こわ》いって思《おも》ったから。それに、樹和《きわ》ちゃん、メガネとっても似合《にあ》ってるよ」

「……ありがとう、花日《はなび》ちゃん」

私《わたし》の言葉《ことば》に、樹和《きわ》ちゃんも、ようやく顔《かお》をあげて笑《わら》ってくれた。

「みなさん、授業始《じゅぎょうはじ》めますよー」

「はーい！」

そこで先生《せんせい》が教室《きょうしつ》にやってきて、私《わたし》たちは慌《あわ》てて自分《じぶん》たちの机《つくえ》に戻《もど》った。

私《わたし》の席《せき》は、教室《きょうしつ》の、ちょうど真《ま》ん中《なか》あたり。右隣《みぎどなり》には、高尾《たかお》が座《すわ》ってる。

――あ！　高尾《たかお》に、さっきのメガネをかけた時《とき》のこと、話《はな》したいな。すごくびっくりしたってこと。でも、授業《じゅぎょう》が始《はじ》まっちゃうから、また後《あと》で……。

そんなことを考《かんが》えながら、ちらちら、隣《となり》の席《せき》の高尾《たかお》を見《み》る。

真面目《まじめ》に教科書《きょうかしょ》を開《ひら》いて、授業《じゅぎょう》を受《う》けてる横顔《よこがお》が、なんだか大人《おとな》っぽくって。

カッコいいなぁ……なんて、思《おも》ったときだった。

「あーーっ」

突然《とつぜん》、響《ひび》き渡《わた》ったエイコーの声《こえ》に、「ひゃあっ！」と小《ちい》さく声《こえ》が出《で》る。

――えっ、私《わたし》が高尾《たかお》のこと見《み》てたの、エイコーにバレちゃってた？　どうしよう、また『さすがカレカノ、ヒューヒュー』とかって、からかわれちゃう。

きゅっと肩《かた》をすくめて、ちぢこまる。

でも、そのあとにつづいた言葉《ことば》は、私《わたし》の予想《よそう》とはまるでちがっていた。

「原田《はらだ》っ、メガネかけてる！」

エイコーの言葉《ことば》で、樹和《きわ》ちゃんの顔《かお》が、みるみるうちに真《ま》っ赤《か》に染《そ》まっていった。

「あー、ホントだー！」

授業中《じゅぎょうちゅう》なのに、男子《だんし》がざわざわしている。

「なんだよー、俺《おれ》の列《れつ》の女子《じょし》、メガネザルばっかじゃん！」

振《ふ》り返《かえ》りながら、エイコーがげんなりした顔《かお》でぼやいた。

「えっ、なんでそんな言《い》い方《かた》――」

思《おも》わず声《こえ》をあげかけた私《わたし》に、かぶせるように別《べつ》の声《こえ》が重《かさ》なった。

「ちょっと、メガネザルって、なによ！」

絢理《あやり》ちゃんだった。エイコーのすぐうしろの席《せき》にいる絢理《あやり》ちゃんは、当然《とうぜん》、そんなことを言《い》われて、黙《だま》ってるような子《こ》じゃない。

「メガネかけてんだから、メガネザルだろ」

「そーだそーだ！」

すると男子《だんし》がいっせいに、エイコーの言葉《ことば》に乗《の》っかってはやしたてる。

顔《かお》が真《ま》っ赤《か》のままの樹和《きわ》ちゃんは、赤《あか》いフレームのメガネをサッと外《はず》して、机《つくえ》においてあったメガネケースにしまった。……涙《なみだ》をこらえるみたいに、唇《くちびる》を噛《か》んで。

そうだよね。きっと……初《はじ》めてのメガネ、ドキドキしたよね。

私《わたし》だって、新《あたら》しいヘアアクセを朝《あさ》つけてくるだけでも、すごく緊張《きんちょう》したのに。メガネは、もっとおっきな変身《へんしん》だもん。

それなのに、あんなふうにひどい言《い》い方《かた》されたら……イヤだよ。

元気者《げんきもの》の絢理《あやり》ちゃんも、なんだかくやしそうな、悲《かな》しそうな顔《かお》になっている。

私《わたし》はキッと、男《おとこ》の子《こ》たちを振《ふ》り返《かえ》った。今度《こんど》こそ何《なに》か言《い》わなきゃ。そう思《おも》ったとき。

「やめなよ！　もう！」

ばん、って。私《わたし》より早《はや》く、机《つくえ》をたたいて立《た》ちあがったのは、結衣《ゆい》ちゃんだった。

「黒板《こくばん》が見《み》えないなら、メガネを使《つか》うのは当《あ》たり前《まえ》でしょ。それに、まだ授業中《じゅぎょうちゅう》！」

「そ、そうですよ。みんな、静《しず》かにね……」

クラスの変《へん》な空気《くうき》と、結衣《ゆい》ちゃんの発言《はつげん》におどろいた先生《せんせい》も、急《いそ》いでそう言《い》ってみんなをなだめた。それでようやくエイコーたちは静《しず》かになったけど、そのあとも絢理《あやり》ちゃんたちをチラチラ盗《ぬす》み見《み》ては、わざとらしく笑《わら》ってるのがわかった。……カンジ悪《わる》い。

「…………」

見《み》れば結衣《ゆい》ちゃんも、心配《しんぱい》そうに絢理《あやり》ちゃんたちのことを見《み》つめていた。

放《ほお》っておけないんだよね。私《わたし》、結衣《ゆい》ちゃんのそういう優《やさ》しいところ、大好《だいす》き。

結衣《ゆい》ちゃんも、私《わたし》が見《み》てることに気《き》づいたみたい。ばちっと目《め》が合《あ》って、私《わたし》たちはおたがいに、小《ちい》さくうなずきあった。


……✽……✽……✽……


「樹和《きわ》ちゃん、気《き》にすることないよ」

「うん！　似合《にあ》ってるし、かわいかったよ！」

休《やす》み時間《じかん》になってから、私《わたし》は結衣《ゆい》ちゃんと一緒《いっしょ》に、樹和《きわ》ちゃんに話《はな》しかけた。

「ベテランの私《わたし》より、ずっと似合《にあ》ってたって！」

私《わたし》たちといっしょになって、メガネの絢理《あやり》ちゃんも樹和《きわ》ちゃんをほめた。

明《あか》るい声《こえ》にすこしだけ笑《わら》った樹和《きわ》ちゃんは、またすぐにうつむいてしまう。

「……ありがとう。でも……」

元気《げんき》がない。いつも声《こえ》の小《ちい》さな子《こ》だけど、今日《きょう》はさらに、その声《こえ》が小《ちい》さかった。

せっかく作《つく》った赤《あか》いフレームのメガネは、もうカバンにしまっちゃったみたい。今《いま》は手《て》にも持《も》っていない。

「もうかけないの？　黒板《こくばん》が見《み》えないのは困《こま》るでしょ」

絢理《あやり》ちゃんが、どっしりと頼《たよ》れるお母《かあ》さんみたいな雰囲気《ふんいき》で腕《うで》を組《く》んで言《い》う。

「あ、それなら私《わたし》のノート見《み》せてあげようか？　花日《はなび》のでもいいし、ね？」

さすが結衣《ゆい》ちゃん。そういうお手伝《てつだ》いもできるんだ。じゃあ、私《わたし》も！

「うん！　私《わたし》のノートね、うさパンダ、いっぱい描《か》いてあるんだー」

「それ、ラクガキなんじゃ……」

絢理《あやり》ちゃんに、あきれ顔《かお》でツッコまれちゃった。

私《わたし》はつい、ぷくっと頬《ほほ》をふくらませる。

「ちがうよー。大事《だいじ》なとこに、目印《めじるし》で描《か》いてあるの！」

私《わたし》たちの言《い》い合《あ》いに、「ありがと。でも……もう、いいよ」と樹《き》和《わ》ちゃんは、両手《りょうて》の指《ゆび》をもじもじと動《うご》かしながら、また下《した》を向《む》いてしまった。

初《はじ》めてのメガネデビュー。すごいイメチェンに挑戦《ちょうせん》してドキドキだったはずの樹和《きわ》ちゃんに、エイコーたちは「メガネザル」なんてひどい言葉《ことば》を投《な》げつけたんだ。

「男子《だんし》なんて気《き》にしないで、堂々《どうどう》とかけちゃおうよ。ね？」

絢理《あやり》ちゃんがそう言《い》うと、樹《き》和《わ》ちゃんは困《こま》ったような顔《かお》をした。

「……でも、私《わたし》……」

そのとき、きっぱりとした高《たか》い声《こえ》が、私《わたし》たちの頭《あたま》の上《うえ》から降《ふ》ってきた。

「そんなこと気《き》にするなら、最初《さいしょ》からコンタクトにすればよかったのに。だいたい、メガネなんてダサいじゃない？」

私《わたし》たちの後《うし》ろから、そう言《い》ったのは、浜《はま》名《な》心愛《ここあ》ちゃんだった。いつものようにかわいいワンピースのすそをひるがえし、腰《こし》に手《て》を当《あ》てて、モデルみたいな姿勢《しせい》で立《た》っている。

コンタクトって、えーと……広告《こうこく》とかでは、見《み》たことがある気《き》がするけど……。

私《わたし》はつい、くわしそうな心愛《ここあ》ちゃんにきいてしまった。

「えっと……コンタクトって、目《め》に直接《ちょくせつ》、レンズを入《い》れるんだよ……ね？」

「そうよ。たとえば〝ディファイン〟っていうタイプなんかだと、レンズに色《いろ》が入《はい》ってて、黒目《くろめ》を大《おお》きくかわいく見《み》せてくれるの。まぁ、心愛《ここあ》はもとからかわいいから、そんなのはぜーんぜん必要《ひつよう》ないけどね？」

「で、でも……目《め》の中《なか》に、なにか入《い》れる、なんて……」

やっぱり想像《そうぞう》するだけで、怖《こわ》くてぶるぶる震《ふる》えちゃうよ！

だって、目《め》にちょっとゴミが入《はい》っただけで、あんなに泣《な》いちゃうくらい痛《いた》いんだよ？

私《わたし》が弱音《よわね》を吐《は》いていたら、心愛《ここあ》ちゃんはわざと大《おお》きなため息《いき》をついた。

「おしゃれのためなんだから、それくらい我慢《がまん》しなさいよ。心愛《ここあ》だったら、大好《だいす》きな高尾《たかお》くんのためにかわいくなりたいから、そんなのいくらでも努力《どりょく》できるけど？」

「う……っ」

そ、そうなのかな……。

それは……たしかに、高尾《たかお》に「かわいいね」って言《い》われたらうれしいけど。

うーん、でもでも……。

「ふぅん、そうかしら」

そのとき、余裕《よゆう》たっぷりのお姉《ねえ》さんぽい口調《くちょう》で会話《かいわ》に入《はい》ってきたのは、すぐそばを通《とお》りかかったまりんちゃんだった。

「メガネも最近《さいきん》〝アイウェア〟なんていうし、今《いま》どきは立派《りっぱ》なおしゃれアイテムじゃない？　それに、メガネは最強《さいきょう》のラブアイテムなんだから。うちのお姉《ねえ》は、これで何十人《なんじゅうにん》も男《おとこ》をオトしてきた、って言《い》ってた」

「な、何十人《なんじゅうにん》……」

「最強《さいきょう》の……ラブアイテム」

ごくり……とみんなが息《いき》をのむ。

「いつもかけていない子《こ》が、急《きゅう》にメガネをかけたりすると、男《おとこ》の子《こ》はドキッとするの。お姉《ねえ》なんてね、カレシをギャップ萌《も》えさせるためだけに、視力《しりょく》がいいのにダテメガネをいつも五本《ごほん》は持《も》ち歩《ある》いてるくらいよ。ちなみに家《いえ》には三十本以上《さんじゅっぽんいじょう》、タイプの違《ちが》うメガネをキープしてるし」

「さ、三十《さんじゅう》っ!?」

一ヵ月《いっかげつ》、毎日《まいにち》かえても大丈夫《だいじょうぶ》なくらい、おしゃれのためのメガネを持《も》ってるなんて。す、すごいなあ。さすが、まりんちゃんのお姉《ねえ》さん……。

「そんなにメガネって、種類《しゅるい》あるの？」

「あるのよ。羽《はね》がついてるのとか、光《ひか》ったりとか」

「すごいね……」

そうなんだーって、まわりの女《おんな》の子《こ》たちがざわざわする中《なか》、心愛《ここあ》ちゃんがちょっと悔《くや》しそうに唇《くちびる》をかんだ。

「あっそ。じゃあ、好《す》きにすれば？　メガネザルって言《い》われてもよければね！」

捨《す》てゼリフで、くるっと背中《せなか》を向《む》けてしまう。

そのとき、ちょうどチャイムが鳴《な》った。それで私《わたし》たちも、自分《じぶん》の席《せき》に戻《もど》った。

だけど。……その後《あと》の授業《じゅぎょう》でも、樹和《きわ》ちゃんはとうとうメガネをかけなかった。

……＊……＊……＊……


お昼休《ひるやす》みが終《お》わって、掃除《そうじ》の時間《じかん》。

今日《きょう》は私《わたし》も教室《きょうしつ》の掃除当番《そうじとうばん》だったけど、結衣《ゆい》ちゃんたちと一緒《いっしょ》だから、楽《たの》しいんだ。

「もう、男子《だんし》！　ホコリ立《た》てないで！」

結衣《ゆい》ちゃんが注意《ちゅうい》しても、悪《わる》ノリする男《おとこ》の子《こ》たちは、いつものようにホウキとぞうきんで野球《やきゅう》ごっこをしている。……まったくもう。

結局《けっきょく》、女子《じょし》だけで掃除《そうじ》を終《お》わらせて、後《あと》はゴミ箱《ばこ》を片《かた》づけるだけになった。

「ん……っしょっと」

グレーのプラスチックのゴミ箱《ばこ》は、ちょっと大《おお》きくて、見《み》た目《め》より重《おも》たい。今《いま》は中身《なかみ》もたっぷり入《はい》ってるし、なおさら重《おも》たく感《かん》じちゃう。

「ちょっと、ゴミ捨《す》てくらいは、あんたたちがやりなさいよ」

道具《どうぐ》の片《かた》づけをしていたメガネの絢理《あやり》ちゃんが、まだふざけている男《おとこ》の子《こ》たちに厳《きび》しく言《い》ったけど。

「えー、やーだねキッキー、メガネザルー」

「綾瀬《あやせ》ひとりで持《も》ってけるだろーー」

すかさず反論《はんろん》されてしまう。メガネのことをからかうとか、ほんとにひどい。

あきらめてゴミ箱《ばこ》を抱《かか》えて歩《ある》き始《はじ》めた私《わたし》を、結衣《ゆい》ちゃんが止《と》めた。

「花日《はなび》、私《わたし》が行《い》くよ」

「いいよ。すぐだし、走《はし》って行《い》ってくる！　待《ま》ってて」

また男子《だんし》が絢理《あやり》ちゃんのメガネをからかったりしたら、すごくイヤだ。できれば、早《はや》く掃除《そうじ》を終《お》わらせてしまいたい。

それに今日《きょう》はまだ、高尾《たかお》とちゃんと話《はな》せてない。高尾《たかお》が帰《かえ》っちゃう前《まえ》に、おしゃべりもしたいし。

「それなら、私《わたし》も一緒《いっしょ》に……」

結衣《ゆい》ちゃんが言《い》いかけたとき、だった。

「手伝《てつだ》うよ」

ひょいって。急《きゅう》に、手《て》の中《なか》が軽《かる》くなる。

私《わたし》のかわりに、ゴミ箱《ばこ》を持《も》ってくれたのは……。

「高尾《たかお》！」

「ゴミ捨《す》て場《ば》まで、持《も》ってくんだろ？　手伝《てつだ》うよ。一緒《いっしょ》に行《い》こ」

軽々《かるがる》とゴミ箱《ばこ》を片手《かたて》で持《も》ち上《あ》げて、高尾《たかお》がニコッと笑《わら》った。

「……う、うん！」

うれしい！　掃除《そうじ》が終《お》わる前《まえ》に、高尾《たかお》と話《はな》せるなんて、ちょっとラッキーだ。

「ヒューヒュー！　さっすがカレカノー！」

すかさずまわりの男子《だんし》に冷《ひ》やかされるけど、べつにいいもん。

「行《い》くよ、綾瀬《あやせ》」

「うん！」

歩《ある》き出《だ》した高尾《たかお》の後《あと》を追《お》いかけて、私《わたし》も教室《きょうしつ》を出《で》た。

「……ねぇ、高尾《たかお》。私《わたし》も持《も》つよ？」

並《なら》んで歩《ある》いているのに、ゴミ箱《ばこ》を持《も》っていない私《わたし》はすっかり両手《りょうて》があいている。これじゃ、高尾《たかお》が運《はこ》んでるのを見《み》てるだけで、手伝《てつだ》ってもらうどころか、かわりにやってもらってることになっちゃう。

「あ！　そうだ。こっち側《がわ》の片方《かたほう》、私《わたし》が持《も》つとかどうかな？」

そうしたら、一緒《いっしょ》にラクラク運《はこ》べそう！

これは名案《めいあん》！　と思《おも》って、手《て》を伸《の》ばそうとして、気《き》づいた。

私《わたし》はクラスでもちっちゃいほうだし、高尾《たかお》は大人《おとな》みたいに背《せ》が高《たか》い。だからこの身長《しんちょう》差《さ》で一緒《いっしょ》に持《も》とうとすると、ゴミ箱《ばこ》がものすごく斜《なな》めになっちゃうんだ。これは、かなり……歩《ある》きにくい。

「いいよ。別《べつ》に重《おも》たくはないし、気《き》にしないで」

高尾《たかお》はそう言《い》ってくれるけど。

「ありがとう。ごめんね。私《わたし》、チビだから……」

牛乳《ぎゅうにゅう》だって、毎日《まいにち》ちゃんと飲《の》んでるんだけどな。

背《せ》がもっと高《たか》かったら、高尾《たかお》の顔《かお》もちょっと横《よこ》を向《む》いただけですぐ見《み》えるのに。

「……綾瀬《あやせ》」

ずーんと落《お》ちこんでしまった私《わたし》に、高尾《たかお》が口《くち》を開《ひら》く。

「知《し》ってる？　恋人同士《こいびとどうし》の理想《りそう》の身長差《しんちょうさ》って、二十《にじゅっ》センチなんだって」

「え？　そ、そうなんだ」

そういえば……私《わたし》も前《まえ》に、まりんちゃんから聞《き》いたことがあるかも。

『カレカノの理想《りそう》の身長差《しんちょうさ》ってあるでしょ。あれって実《じつ》は、一番《いちばん》キスしやすい身長差《しんちょうさ》なんだよ！』って。

「それって、俺《おれ》たちと一緒《いっしょ》だね」

私《わたし》を見下《みお》ろして、高尾《たかお》がにっこり笑《わら》う。それから、ゆっくり顔《かお》を近《ちか》づけてきて。

「綾瀬《あやせ》、早《はや》くすませちゃおう」

「えっ！」

すませるって？　え？　……まさかまさか。

すぐそばにある高尾《たかお》の顔《かお》にドキドキして、カーッと頬《ほほ》が熱《あつ》くなった。

私《わたし》が緊張《きんちょう》して、きゅっと目《め》をつぶっていたら。

「どうしたの？　早《はや》くゴミ捨《す》て、すませちゃおう」

「……え？」

ぽかんとして、私《わたし》が目《め》を開《あ》けたら、高尾《たかお》が楽《たの》しそうに笑《わら》っているのが見《み》えた。

「なんだと思《おも》った？」

なんだと、って……あ、そうだよね。うん、ゴミ捨《す》ての途中《とちゅう》だったし……。

わぁ……私《わたし》ってば、変《へん》なカンチガイしちゃったよー！

あわあわしている私《わたし》を見《み》て、高尾《たかお》が我慢《がまん》できなくなったみたいに、クスクス笑《わら》った。

「行《い》こう」

ゴミ箱《ばこ》を片手《かたて》で軽々《かるがる》と持《も》って、あいたもう片方《かたほう》の手《て》で、おいでって手招《てまね》きする。

「……うん！」

歩《ある》きだす高尾《たかお》のうしろ姿《すがた》を、私《わたし》は慌《あわ》てて追《お》いかけた。

はー……もう。高尾《たかお》のやること全部《ぜんぶ》、ドキドキしちゃう……。


ゴミ捨《す》て場《ば》に着《つ》いて、ゴミ箱《ばこ》を空《から》にする。

まわりには、もう誰《だれ》もいない。うちのクラスが最後《さいご》だったのかな。

——あ、そうだ。

「あのね、高尾《たかお》は、メガネってどう思《おも》う？」

今日《きょう》のことを思《おも》い出《だ》して、私《わたし》はそんなふうに、高尾《たかお》に切《き》り出《だ》してみた。

「……メガネ？」

「うん。ほら、授業中《じゅぎょうちゅう》に……」

「ああ」

高尾《たかお》はちょっと上《うえ》のほうを見《み》て、何《なに》か思《おも》い出《だ》してるみたいだった。

「必要《ひつよう》なものだから、目《め》が悪《わる》い子《こ》は、したほうがいいと思《おも》うけど」

「そうだよね。それに、私《わたし》はメガネってかっこいいと思《おも》うんだ！　頭《あたま》がよさそうに見《み》えるし。高尾《たかお》がメガネかけたら、もう、完全《かんぜん》に天才《てんさい》に見《み》えちゃうよね！」

私《わたし》がそう言《い》ったら、高尾《たかお》はふふって笑《わら》ってくれた。

「天才《てんさい》は言《い》い過《す》ぎじゃない？」

「そうかなー？」

だって、高尾《たかお》って、メガネなんかなしでも頭《あたま》よさそうに見《み》えるもん。それに、本当《ほんとう》に頭《あたま》いいし！

「メガネくらいでそんなふうに見《み》えるかよ、バーカ！」

突然《とつぜん》、そんな声《こえ》がして、私《わたし》は「え？」と、びっくりして振《ふ》り返《かえ》った。

ちょっとぶっきらぼうな声《こえ》の主《ぬし》は、堤歩《つつみあゆむ》くんだ。

でも……あれ？　なんで堤《つつみ》くんが、こんなところにいるんだろう。理科室《りかしつ》とかの特別《とくべつ》室《しつ》の掃除当番《そうじとうばん》じゃなかったっけ……？

「堤《つつみ》くん、どうしてここに？」

だけど、私《わたし》の質問《しつもん》に、堤《つつみ》くんは「うるせえ」なんて乱暴《らんぼう》に返《かえ》してくる。

「べっつに。バカそうな会話《かいわ》が聞《き》こえたから、誰《だれ》かと思《おも》っただけだよ」

相変《あいか》わらずの王様《おうさま》ぶりだけど、それが堤《つつみ》くんテイストなんだから仕方《しかた》がない。

そっか、と納得《なっとく》していると、空《から》になったゴミ箱《ばこ》を手《て》に、高尾《たかお》が私《わたし》の背中《せなか》に寄《よ》り添《そ》うみたいにして立《た》った。すると、堤《つつみ》くんの頬《ほほ》がなぜか少《すこ》し、ぴくりとした。

ふぅん……と高尾《たかお》がうなずいた。

「俺《おれ》はてっきり、綾瀬《あやせ》にゴミ箱持《ばこも》ちを手伝《てつだ》うって言《い》いそびれた堤《つつみ》が、ずるずるここまでついてきたのかと思《おも》ってたよ。……かんちがいして、ごめん」

笑《わら》いながらそう言《い》う高尾《たかお》に、堤《つつみ》くんはぷいっと顔《かお》をそらした。

「そんなわけないだろ！　つきあってらんねぇよ」

地面《じめん》を何度《なんど》かガツガツと踏《ふ》みしめてから、ずんずん歩《ある》いて行《い》っちゃった。

「あ……」

私《わたし》は少《すこ》し残念《ざんねん》な気分《きぶん》になる。せっかくだから、堤《つつみ》くんにもズバリ、聞《き》いてみたかったんだけどな。さっきの、メガネのこと。

「……綾瀬《あやせ》」

ぼんやりしていたら、高尾《たかお》に耳元《みみもと》で名前《なまえ》を呼《よ》ばれた。

「な、なに？」

近《ちか》すぎる声《こえ》に、身体《からだ》がぴょんと跳《は》ねてしまった。

「あ、私《わたし》たちも、帰《かえ》ろっか！　ねぇ高尾《たかお》、帰《かえ》りはゴミ箱《ばこ》、私《わたし》が持《も》つよ！」

そうしたら、行《い》きと帰《かえ》りで、運《はこ》ぶ係《かかり》が半分《はんぶん》こになるもんね。

するとまた、高尾《たかお》がくすくすと笑《わら》った。

「いいよ、軽《かる》いし。それに女《おんな》の子《こ》に持《も》たせておくなんて、俺《おれ》が嫌《いや》だから。それと」

「なぁに？」

「リボン、綾瀬《あやせ》によく似合《にあ》ってる」

「…………！」

突然言《とつぜんい》われて、ツインテールの先《さき》がぴょこっと跳《は》ねてしまう。

わ、わ！　びっくりした！　でもやっぱり、高尾《たかお》は気《き》づいててくれてたんだ！

「ありがとう、わーー、やっぱりうれしい！」

「やっぱり？」

面白《おもしろ》そうに、高尾《たかお》が私《わたし》を見《み》ている。

「うんっ、だってこれね、お店《みせ》で一目《ひとめ》で好《す》きになっちゃって、お母《かあ》さんにお願《ねが》いして買《か》ってもらったの。でも、いま高尾《たかお》にほめられたから、その『好《す》き』が十倍《じゅうばい》くらいにふえて、もう大好《だいす》きになった！」

「そっか」

思《おも》わずその場《ば》でぴょんぴょん飛《と》び跳《は》ねたら、あははって、高尾《たかお》は楽《たの》しそうに声《こえ》をあげて笑《わら》った。

「でも、大好《だいす》きすぎて、毎日使《まいにちつか》うの、もったいないかも。これは特別《とくべつ》な時《とき》のために大事《だいじ》に、とっておこうかなあ」

「特別《とくべつ》な時《とき》って？」

「それは……えっと、高尾《たかお》とデートする時《とき》、とか」

えへへって、私《わたし》は照《て》れ笑《わら》いを浮《う》かべる。そうしたら、高尾《たかお》が急《きゅう》に顔《かお》を近《ちか》づけてきた。

「ふーん……じゃあ、日曜《にちよう》は？」

「えっ!?」

「デート。行《い》こうよ」

高尾《たかお》はそう言《い》って、ふふって微笑《ほほえ》んだ。

「……高尾《たかお》」

どうしよう。うれしい！

ドキドキして、幸《しあわ》せな気持《きも》ちがいっぱいで、胸《むね》の奥《おく》がふわふわする。高尾《たかお》って、どうしてこんなに、私《わたし》がうれしくなっちゃう言葉《ことば》ばかり、くれるんだろう。

とっても、幸《しあわ》せだなって思《おも》った。


——だから。

その時《とき》の私《わたし》は、まさか次《つぎ》の日《ひ》、あんな事件《じけん》が起《お》こるなんて、思《おも》ってもみなかったんだ。


……✻……✻……✻……


次《つぎ》の日《ひ》。私《わたし》たちのクラスは、朝《あさ》からざわざわしていた。

「……え？」

私《わたし》が訊《き》き返《かえ》すと、結衣《ゆい》ちゃんが悲《かな》しそうな顔《かお》で言《い》った。

「階段《かいだん》、踏《ふ》み外《はず》して……今《いま》、保健室《ほけんしつ》なんだって」

動揺《どうよう》が、教室《きょうしつ》じゅうに広《ひろ》がっている。

「みんな。先生《せんせい》は保健室《ほけんしつ》に行《い》ってきますから、静《しず》かに待《ま》っていてください」

先生《せんせい》がそう言《い》い残《のこ》して、朝礼《ちょうれい》の途中《とちゅう》で教室《きょうしつ》を出《で》て行《い》く。

朝《あさ》の登校時間《とうこうじかん》に、階段《かいだん》を踏《ふ》み外《はず》して、怪我《けが》をしたクラスメイトがいたみたい。目《め》が悪《わる》いのに、メガネをかけるのをやめてしまって、それで……階段《かいだん》から落《お》ちたんだって。

その子《こ》は――なんと、あの元気《げんき》な絢理《あやり》ちゃんだった。

「絢理《あやり》ちゃん、いつもメガネなのに……今日《きょう》はなぜか、してなくて。でもほら、目《め》が悪《わる》いでしょ？　それで、足《あし》もとがよく見《み》えなかったんだと思《おも》う」

朝《あさ》、階段《かいだん》から落《お》ちる前《まえ》に、絢理《あやり》ちゃんと会《あ》った子《こ》が、そんな説明《せつめい》をしていた。

「メガネ……」

みんな、昨日《きのう》の騒《さわ》ぎのせいだろうって、すぐに思《おも》い当《あ》たった。

メガネがダサいとか、メガネザルとか、そんなひどいことを言《い》われて……だから絢理《あやり》ちゃん、無理《むり》しちゃったのかな。

一時間目《いちじかんめ》が始《はじ》まるときに、先生《せんせい》に連《つ》れられて戻《もど》ってきた絢理《あやり》ちゃんは、たしかにメガネをかけていなかった。そのせいか、なんだかいつもと印象《いんしょう》が違《ちが》う。

でも、それよりも目《め》をひいたのは、首《くび》から白《しろ》い三角巾《さんかくきん》で吊《つ》られた右手《みぎて》と、その手首《てくび》にぐるぐる巻《ま》かれた包帯《ほうたい》だった。――すごく痛《いた》そうで、かわいそうだった。

「絢理《あやり》ちゃん、手《て》、大丈夫《だいじょうぶ》？」

「う、うん……」

みんなにじっと見《み》られて、絢理《あやり》ちゃんはちょっと居心地《いごこち》が悪《わる》そうだ。

「骨折《こっせつ》はしていないようだけど、今日《きょう》は念《ねん》のため、あまり動《うご》かしちゃだめよ」

「……はい、先生《せんせい》」

絢理《あやり》ちゃんはそう答《こた》えて、とぼとぼと席《せき》に戻《もど》っていく。

今日《きょう》は絢理《あやり》ちゃんと同《おな》じようにメガネをかけていない樹和《きわ》ちゃんも、その姿《すがた》を心配《しんぱい》そうに目《め》で追《お》っている。

なんだかクラスの中《なか》の空気《くうき》が、ぴりぴりしている感《かん》じがした。

そのとき、絢理《あやり》ちゃんのそばにいた女子《じょし》が、昨日《きのう》ふざけたエイコーたちをにらんだ。

「ちょっと。絢理《あやり》が怪我《けが》したの、男子《だんし》のせいでしょ。謝《あやま》りなさいよ！」

「し、知《し》らねーよ！」

エイコーがぶんぶんと両手《りょうて》を横《よこ》にふった。

「しらばっくれて。エイコー、メガネザルってからかったくせに」

「そんなの、ただの冗談《じょうだん》だろー」

個人攻撃《こじんこうげき》を受《う》けたエイコーが、ムッとして言《い》い返《かえ》す。

「冗談《じょうだん》でも、言《い》っていいことと悪《わる》いことがあるでしょ」

こうなったら、女子《じょし》も男子《だんし》も、一歩《いっぽ》も引《ひ》かない。

「だったら、浜名《はまな》だって、メガネダサいとか言《い》ったからな！」

「……はぁ？」

突然《とつぜん》、男子《だんし》に名前《なまえ》を呼《よ》ばれて、心愛《ここあ》ちゃんは驚《おどろ》いたように瞬《まばた》きをした。

「えーひどい。なんで心愛《ここあ》のせいになるの？　わけわかんない！　ねぇ……高尾《たかお》くん、みんなが心愛《ここあ》のこといじめるの。助《たす》けてぇ……」

あごにぐーにした手《て》を押《お》し当《あ》てて、くすんくすん……と上目遣《うわめづか》いになった心愛《ここあ》ちゃんが、高尾《たかお》に助《たす》けを求《もと》めている。

するとすかさず、男子《だんし》のヤジがとぶ。

「高尾《たかお》こそ、今《いま》は関係《かんけい》ないだろー浜名《はまな》！」

「ていうか、男子《だんし》、ちゃんと謝《あやま》りなさいよー！」

いくつものボールでめちゃくちゃにドッジボールするみたいに、男子《だんし》も女子《じょし》も、怒《おこ》りながら投《な》げつけた声《こえ》がぶつかりあっている。

もう、この口《くち》げんかの原因《げんいん》がなんだったのか、みんなよくわからなくなっていた。

「み、みんな。落《お》ち着《つ》いて？　静《しず》かにしましょう？」

先生《せんせい》はおろおろ止《と》めているけど、教室《きょうしつ》の騒《さわ》ぎはちっとも収《おさ》まりそうにない。

どうして……こんなことになっちゃったんだろう。

男子《だんし》も女子《じょし》もごちゃごちゃの騒《さわ》ぎのなか、今日《きょう》はメガネをしていないふたり――樹和《きわ》ちゃんと、絢理《あやり》ちゃんだけが泣《な》きそうな顔《かお》で、じっと黙《だま》っている。

ふたりとも、目《め》が悪《わる》くなったから、ただメガネをかけていただけなのに。

なんで、ちっとも悪《わる》くない絢理《あやり》ちゃんと樹和《きわ》ちゃんが、こんなに悲《かな》しい顔《かお》をしていなければいけないんだろう……？

そう思《おも》ったら、お腹《なか》の奥《おく》から熱《あつ》いマグマみたいな気持《きも》ちがモヤモヤわいてきて、私《わたし》は思《おも》わずガタンと音《おと》を立《た》てて、椅子《いす》から立《た》ち上《あ》がっていた。

「もう、やめようよ！」

「……やめて！」

私《わたし》とほぼ同時《どうじ》に、椅子《いす》から立《た》ち上《あ》がって叫《さけ》んだのは、なんと樹和《きわ》ちゃんだった。

いつも小《ちい》さな声《こえ》でしか話《はな》さない樹和《きわ》ちゃんが、こんなに大《おお》きな声《こえ》を出《だ》すのを、たぶん私《わたし》たちは初《はじ》めて聞《き》いたと思《おも》う。

樹和《きわ》ちゃんは、今《いま》にも泣《な》き出《だ》しそうに顔《かお》をくしゃくしゃにして、言《い》った。

「私《わたし》が、メガネはかっこ悪《わる》いから、やめるって言《い》ったの。それで……私《わたし》のせいで、絢理《あやり》ちゃんも、メガネをやめるって……だから」

「ちがう、樹和《きわ》ちゃん！」

がたんと立《た》ち上《あ》がったのは、今度《こんど》は絢理《あやり》ちゃんだった。

「ちがうよ、あたしがカッコつけて、メガネなしで歩《ある》いたからだもん。樹和《きわ》ちゃんのせいじゃないし……」

絢理《あやり》ちゃんが、そこでぐっと言葉《ことば》を詰《つ》まらせた。かわりに、ぽろぽろと透明《とうめい》な涙《なみだ》が、いくつも机《つくえ》にこぼれ落《お》ちていく。

「どっちも悪《わる》くない。だれも悪《わる》くないもん！」

我慢《がまん》できなくなった私《わたし》は、自分《じぶん》の席《せき》からはずれて、絢理《あやり》ちゃんと樹和《きわ》ちゃんの肩《かた》に手《て》を置《お》いてなぐさめた。——でも。

「そーだよなー、自分《じぶん》のせいじゃんか！　勝手《かって》にメガネやめて勝手《かって》に怪我《けが》するとか、悪《わる》モンにされてこっちが迷惑《めいわく》なんですけどー！」

「そーだそーだ！」

「メガネかけりゃいいだろ、メガネザルなんだからさー！」

わあわあと男《おとこ》の子《こ》たちが騒《さわ》ぎ始《はじ》める。

「心愛《ここあ》もー、ちょっとそう思《おも》うー」

かわいらしく小首《こくび》をかしげて、心愛《ここあ》ちゃんがそう言《い》った。

「だってメガネやめたってことは、自分《じぶん》でもダサいって思《おも》ったんでしょ？　だったら心《ここ》愛《あ》が本当《ほんとう》のこと言《い》って、何《なに》が悪《わる》いの？　そうじゃないって思《おも》ってるなら、堂々《どうどう》とメガネかけてればいいじゃない」

「……っ」

びくっと、樹和《きわ》ちゃんの肩《かた》が震《ふる》えた。

いつも元気《げんき》な絢理《あやり》ちゃんも、顔《かお》を上《あ》げられなくて、ただ、涙《なみだ》だけが、溢《あふ》れてて……。

「……そんな言《い》い方《かた》ないよ！」

私《わたし》は思《おも》わず、言《い》い返《かえ》してしまった。

「メガネ、大事《だいじ》なものなんだよ。見《み》えないのって怖《こわ》いんだよ？　それに、それに……」

すると、心愛《ここあ》ちゃんは口元《くちもと》にパッと手《て》をやって、うるうると目《め》を潤《うる》ませた。

「花日《はなび》ちゃん、こわぁい……。心愛《ここあ》はただ、努力《どりょく》すれば変《か》われるのにって言《い》いたかっただけなのに。そんなふうに言《い》うなんて、ヒドい……」

心愛《ここあ》ちゃんまで、しくしく泣《な》き出《だ》してしまった。

「やっべー、女子《じょし》のケンカだ」

「綾瀬《あやせ》、泣《な》ーかした、泣《な》ーかした！」

「浜名《はまな》、かわいそー。謝《あやま》れよ〜」

男子《だんし》が、私《わたし》と心愛《ここあ》ちゃんのことをはやし立《た》てて、ますます騒《さわ》ぎ出《だ》しちゃった。

――どうしよう。でも、だって……やっぱり……。

そのとき、だった。

「そう。メガネって、ダサいんだ？」

ぽつりと、でも、その静《しず》かな言葉《ことば》に、教室《きょうしつ》のみんなが動《うご》きを止《と》めた。

「高尾《たかお》くんも、そう思《おも》うよね？　ね？」

半《はん》べそをかいた心愛《ここあ》ちゃんは、高尾《たかお》に同意《どうい》してもらいたそうに、かわいく首《くび》をかしげた。でも、高尾《たかお》はまっすぐ私《わたし》を見《み》て、尋《たず》ねた。

「俺《おれ》も視力《しりょく》がもっと落《お》ちたら、いつもメガネになると思《おも》うけど……。そうなったら、綾瀬《あやせ》は俺《おれ》を嫌《きら》いになる？」

「え……？」

そう言《い》われて、私《わたし》は想像《そうぞう》してみた。――高尾《たかお》の、メガネ姿《すがた》。

この間《あいだ》も、きっと天才《てんさい》に見《み》えちゃうんじゃないかって話《はな》したけど、それよりもっとちゃんと、具体的《ぐたいてき》に。少《すこ》し大人《おとな》になった高尾《たかお》が、メガネをかけて、本《ほん》とか読《よ》んでる姿《すがた》。

それって、きっと……。

「……ならない！」

だって、絶対《ぜったい》、すごく、かっこいいもん！

勢《いきお》いよく言《い》うと、クラスの女《おんな》の子《こ》たちも、うんうん、と深《ふか》く頷《うなず》いている。

「高尾《たかお》くんのメガネ姿《すがた》、見《み》たーい！」

「ぜったいステキだよねー！」

きっとみんな、私《わたし》と同《おな》じような想像《そうぞう》したんだと思《おも》う。大興奮《だいこうふん》してる。

さっきまで、しくしく泣《な》いてた心愛《ここあ》ちゃんまで、表情《ひょうじょう》がぱあっと明《あか》るくなった。

「わかるぅ！　高尾《たかお》くんなら、どんなイメチェンしても似合《にあ》っちゃうって、心愛《ここあ》も思《おも》う。

そのときは、おそろいとかしたーい！　いいでしょ？」

「おい、浜名《はまな》。泣《な》いてたんじゃないのかよー。嘘泣《うそな》きか？」

「えっ……、そ、それは……！」

エイコーにツッコまれて、心愛《ここあ》ちゃんはぐっと言葉《ことば》に詰《つ》まった。

高尾《たかお》はまわりの反応《はんのう》なんか気《き》にしないで、「それなら、よかった」って、私《わたし》に笑《わら》いかけてくれた。

でも、そっか……。男《おとこ》の子《こ》だって、メガネをかけるとか、イメチェンするときって、きっとドキドキ……するよね。

だとしたら、私《わたし》……。

「えっと……あの、ね！」

私《わたし》はクラスメイトのみんなの顔《かお》を、ぐるっと見回《みまわ》した。

それから、すうっと大《おお》きく息《いき》をすって、口《くち》を開《ひら》いた。

「メガネだけじゃ、ないと思《おも》うんだ。……髪《かみ》につけるアクセだって、いつもとちがうのにチャレンジしたときは、これ自分《じぶん》に似合《にあ》ってるかな、誰《だれ》になんて言《い》われるかなって、ドキドキするもん。ほら、髪型《かみがた》変《か》えた時《とき》だって、そうだよ……ね？」

それなら男子《だんし》も女子《じょし》も、関係《かんけい》ないよね。

ちゃんと伝《つた》わってるかなって、私《わたし》は、もう一度《いちど》みんなの顔《かお》を見《み》た。すると、何人《なんにん》かは小《ちい》さく頷《うなず》いてくれてる。

少《すこ》しほっとして、私《わたし》は言葉《ことば》を続《つづ》けた。

「たとえば、メガネをかけることだって、イメチェンだもん……ドキドキするよ。だからイジワルなこと言《い》うの、やめよう？」

私《わたし》が一番嫌《いちばんいや》だったのは、樹和《きわ》ちゃんのドキドキを、傷《きず》つけてしまったことだから。

「いつもとちがうこととか、前《まえ》と変《か》わったこととかは、悪《わる》いことじゃないでしょ。それなら、『変《か》わったね』『いいね』って言《い》い合《あ》って、楽《たの》しい気《き》持《も》ちになれたほうが、ずっとうれしいもん！」

似合《にあ》うかな、大丈夫《だいじょうぶ》かなって思《おも》いながら、勇気《ゆうき》を出《だ》してしたことを、否定《ひてい》しちゃ駄目《だめ》だって私《わたし》は思《おも》ったから。

「みんな、そういうこと、あるはずだし……。勇気《ゆうき》を出《だ》して変《か》わることって、すごく、素敵《すてき》じゃないかな。……ね？」

じっと、みんなの反応《はんのう》を待《ま》つ。――すると。

「そうそう。イメチェンはラブにも効果絶大《こうかぜつだい》だしね！　思《おも》い切《き》って、色々《いろいろ》なことしてみたって、いいんじゃなーい？」

まりんちゃんが、明《あか》るくそう言《い》うと同時《どうじ》に、ざらざらっと何《なに》かを机《つくえ》の上《うえ》に並《なら》べた。

それはなんと、いくつものメガネだった。レンズのサイズやフレームの形《かたち》や色《いろ》も、いろんなのがあって、すごくかわいい！

「すごい。こんなに、どうしたの？」

「お姉《ねえ》から借《か》りてきたの。ほら、昨日《きのう》みんな、あんなにメガネで騒《さわ》いでたでしょ。だからクラスの意識改革《いしきかいかく》のためにも、実物《じつぶつ》を持《も》ってきたら効果《こうか》あるんじゃないかと思《おも》って」

「さすが、まりんちゃん！」

私《わたし》が目《め》をキラキラさせて言《い》うと、結衣《ゆい》ちゃんがまりんちゃんの手元《てもと》をのぞきこみながに、しみじみと訊《き》いた。

「でも、お姉《ねえ》さんすごいね。こんなにたくさんあるなんて」

「言《い》ったでしょ。三十種類《さんじゅっしゅるい》はあるって」

さすが、まりんちゃんのお姉《ねえ》さん。もうそれしか言葉《ことば》がない。

「いいなぁ。私《わたし》も欲《ほ》しくなったー」

「あたしも。目《め》が悪《わる》くなくても、たまにはメガネも、いいよねー」

みんな、口々《くちぐち》にそう言《い》ってる。

樹和《きわ》ちゃんと絢理《あやり》ちゃんも、ようやくほっとしたみたい。

「はいはい、みんな！　授業《じゅぎょう》に戻《もど》ってくださーい！」

ようやく先生《せんせい》も明《あか》るく言《い》って、私《わたし》と結衣《ゆい》ちゃんも、席《せき》に戻《もど》った。

戻《もど》る途中《とちゅう》、「よかったね」って結衣《ゆい》ちゃんが小声《こごえ》で私《わたし》に言《い》う。

「うん！　よかった！」

本当《ほんとう》に、よかった……。なにより、クラスの雰囲気《ふんいき》が良《よ》くなったし、これで、樹和《きわ》ちゃんたちも安心《あんしん》してメガネをかけてこられるもんね……って、思《おも》ってたのに。

私《わたし》の腕《うで》を、まりんちゃんが笑《わら》いながら横《よこ》からひじでつついた。

「花日《はなび》のために、空気《くうき》を変《か》えた高尾《たかお》、かっこよかったもんね」

「えっ！」

私《わたし》のため、だなんて……照《て》れちゃうよ！

……もう。そんなこと言《い》うから、また顔《かお》が赤《あか》くなってきちゃった。

・・・・・✿・・・・・✿・・・・・✿・・・・・

お昼休《ひるやす》み――。

クラスの女《おんな》の子《こ》たちは、まりんちゃんが家《いえ》から大量《たいりょう》に持《も》ってきた、度《ど》の入《はい》っていないダテメガネを、いくつもかけて遊《あそ》んでいた。

「わー！　結衣《ゆい》ちゃん、似合《にあ》うー！」

結衣《ゆい》ちゃんがかけてるのは、紺色《こんいろ》のフレームに、小《ち》さめのレンズがはまったメガネ。まりんちゃんは、そんな結衣《ゆい》ちゃんの髪型《かみがた》をちょっとアレンジして、すっきりと顔《かお》まわりの髪《かみ》をピンでまとめてあげていた。

「そうかな？　ありがとう」

私《わたし》の言葉《ことば》に、結衣《ゆい》ちゃんが照《て》れ笑《わら》いをする。――うん。ますますしっかりもののお姉《ねえ》さんって感《かん》じで、すごく似合《にあ》ってる！

「私《わたし》はどう？」

「んー、こっちのがいいんじゃない？」

「私《わたし》もかけたーい！」

まりんちゃんの机《つくえ》を中心《ちゅうしん》にして、みんなでかわるがわる、メガネに合《あ》わせて髪型《かみがた》を変《か》えたり、リボンの色《いろ》をおそろいにしたりしている。ちょっとしたファッションショーみたいで、た……楽《たの》しい！

中《なか》にはハート型《がた》のフレームだったり、個性的《こせいてき》なのもあるんだけど、それもかわいい。

「本当《ほんとう》に、イメチェンって感《かん》じだね！　メガネで変身《へんしん》してるみたいー」

「帽子《ぼうし》と合《あ》わせてもかわいいいんだよ。おすすめは、ベレー帽《ぼう》かな」

まりんちゃんは、おしゃれのセンスがバツグンだから、みんな大《おお》きく頷《うなず》いている。

「そうねー、花日《はなび》は髪《かみ》の毛《け》を下《お》ろして、それでこのメガネとか……？」

「えっ？」

私《わたし》がぼんやりしてる間《あいだ》に、ぱぱっとまりんちゃんがヘアブラシで髪型《かみがた》を整《ととの》えて、たくさんのメガネからひとつ選《えら》んでかけてくれた。渡《わた》された手鏡《てかがみ》をのぞきこむと、うすいピンク色《いろ》のレンズの、まんまるレトロなメガネ姿《すがた》の私《わたし》が映《うつ》っている。

「わ、かわいい！　似合《にあ》うよ！」

「ほんと？　わーい！」

結衣《ゆい》ちゃんと、ぱちんと両手《りょうて》を合《あ》わせる。今《いま》までと違《ちが》う自分《じぶん》が映《うつ》ってて、なんだかくすぐったい。

「ね、高尾《たかお》も似合《にあ》うって思《おも》うでしょ？」

まりんちゃんが、自分《じぶん》の席《せき》で本《ほん》を読《よ》んでいた高尾《たかお》に話《はな》しかける。

わ。こっち、見《み》た。――高尾《たかお》……これ、どう思《おも》う？

「うん。かわいいね」

「……っ！」

言葉《ことば》が出《で》なくて赤《あか》くなった私《わたし》のかわりに、きゃーって声《こえ》をあげたのは、周《まわ》りのみんなだった。

「さすがカレカノ！」

「さらっとほめる高尾《たかお》って、かっこいいー！」

……あ、でも。そうだ。

「あのね、高尾《たかお》」

さっき、言《い》いたくて、言《い》えなかったことがあるから。

私《わたし》はそっと高尾《たかお》に近《ちか》づいて、話《はな》しかけた。

「さっき、助《たす》けてくれてありがとう」

「……いや。がんばったのは、あのふたりと綾瀬《あやせ》だよ」

「そんなことないよ！　高尾《たかお》のおかげで、私《わたし》、自分《じぶん》が何《なに》がイヤで、何《なに》を言《い》いたかったのか、ちゃんとわかったんだよ」

全部《ぜんぶ》、高尾《たかお》のおかげ、なんだよ。

力説《りきせつ》すると、高尾《たかお》がじっと私《わたし》の顔《かお》を見《み》てから、にこっと笑《わら》った。

「本当《ほんとう》？　なら、よかった」

「うん！」

「ただ、そうだな……。綾瀬《あやせ》がイメチェンするときは、こうやって……ちゃんと、俺《おれ》に見《み》せて？」

高尾《たかお》が、ちょっと難《むずか》しい顔《かお》をする。それから、くすっと笑《わら》った。

「どんな綾瀬《あやせ》も、俺《おれ》が一番最初《いちばんさいしょ》に、知《し》っていたいから」

「……う、うん！　わかった！」

高尾《たかお》が誰《だれ》よりも先《さき》に見《み》てくれたら、私《わたし》もすごくうれしい。

高尾《たかお》の笑顔《えがお》につられて、ついニコニコしてしまう。

……でも、待《ま》って。よく考《かんが》えたら、今《いま》は昼休《ひるやす》みで、ここはクラスメイトがいっぱいいる教室《きょうしつ》で……。ハッと私《わたし》が気《き》がつく前《まえ》に、高尾《たかお》の言葉《ことば》を聞《き》き逃《のが》さなかった子《こ》たちが、ざわざわして、一気《いっき》にクラス中《じゅう》が大騒《おおさわ》ぎになる。

「おおおおお！　カレカノ新《しん》ラブ語録《ごろく》、いただきましたー!!」

エイコーたちが、エアマイクでさっそく実況《じっきょう》を始《はじ》めてしまう。委員長《いいんちょう》は「どんな綾瀬《あやせ》も、俺《おれ》が一番最初《いちばんさいしょ》に、知《し》っていたい」と、上手《じょうず》に筆《ふで》で書《か》かれた紙《かみ》を広《ひろ》げている。いつものことながら……は、早《はや》い。

高尾《たかお》は笑《わら》うけど、私《わたし》は熱《ねつ》がでそうなくらい、顔《かお》が熱《あつ》くなってしまった。足《あし》もとがふらついて、転《ころ》んじゃいそう。

「花日《はなび》！」

結衣《ゆい》ちゃんとまりんちゃんが、よろけた私《わたし》を受《う》け止《と》めてくれる。

「結衣《ゆい》ちゃん……まりんちゃん……」

「良《よ》かったね、花日《はなび》」

「イメチェン、大成功《だいせいこう》ってことじゃない？」

二人《ふたり》が、小声《こごえ》でそう言《い》う。

「う、うん！」

真《ま》っ赤《か》になった私《わたし》に、高尾《たかお》がにっこり笑《わら》いかける。

とっても恥《は》ずかしいんだけど……でも、ココロがふわふわして、幸《しあわ》せ……かも。


……✽……✽……✽……


次《つぎ》の日《ひ》からは、絢理《あやり》ちゃんも、そして樹和《きわ》ちゃんも、ちゃんとメガネをかけて登校《とうこう》してくるようになった。

メガネ姿《すがた》のふたりは、堂々《どうどう》と顔《かお》をあげていて、とっても頼《たの》もしくて、かわいかった。

あんなにからかっていた男子《だんし》たちも「そうやってると、けっこう似合《にあ》ってる」なんて、ちょっとばつが悪《わる》そうに、本気《ほんき》でほめている。

それから、私《わたし》たち六年《ろくねん》二《に》組《くみ》では、しばらくおしゃれメガネブームがつづいた。

ヘアアクセとか、メガネとか、コンタクトとか。

イメチェンで変身《へんしん》するのって楽《たの》しいし、ワクワクする。

まだまだ私《わたし》たちは、大人《おとな》になった自分《じぶん》なんて想像《そうぞう》できないけど。

きっとこれからも、そういう魔法《まほう》みたいな変身《へんしん》をいっぱいして、素敵《すてき》なお姉《ねえ》さんになれたらいいな。

♥

# side《サイド》 結《ゆ》衣《い》

きっかけは、とてもささいなことだった。

「――ママ」

授業中《じゅぎょうちゅう》、突然《とつぜん》、私《わたし》のうしろの席《せき》の吉村惺《よしむらさとる》がそう言《い》った。

「あっ、先生《せんせい》……っ」

はっと我《われ》に返《かえ》って、すぐに言《い》い直《なお》す。でも「ママ」と「先生《せんせい》」を呼《よ》びまちがえたみたい、ってことは、一瞬《いっしゅん》でクラス全員《ぜんいん》が察《さっ》してしまった。

一呼吸《ひとこきゅう》おいて、教室《きょうしつ》が大爆笑《だいばくしょう》に包《つつ》まれる。

自分《じぶん》でもまちがいに気《き》づいた、吉村《よしむら》の頬《ほほ》がパッと赤《あか》くなる。

小柄《こがら》で目《め》が大《おお》きくて、どちらかといえばかわいい顔《かお》だちだから、ちょっと女《おんな》の子《こ》みたいな男子《だんし》だ。だから、そんなかわいい言《い》いまちがいも、「あるある」って感《かん》じで、そのときは、微笑《ほほえ》ましい雰囲気《ふんいき》のまま終《お》わった。

さすがに六年生《ろくねんせい》ともなると、こういうミスは珍《めずら》しい。だけど、低学年《ていがくねん》のころは、クラスの他《ほか》の子《こ》たちも、同《おな》じような言《い》いまちがいをしたことがあるんじゃないかな。

私《わたし》もみんなもそんなふうに笑《わら》いながら、たぶん軽《かる》く考《かんが》えていた。

――だから、まさかこの言《い》いまちがいが、あとで大《おお》きな騒《さわ》ぎになるなんて、そのときはちっとも思《おも》っていなかった。

私《わたし》、蒼井結衣《あおいゆい》。十二歳《じゅうにさい》。

うちのクラス、六年二組《ろくねんにくみ》は、悪《わる》ノリしすぎる一部《いちぶ》の男子《だんし》のせいで、ちょっとした騒動《そうどう》がよくおきる。男子《だんし》と女子《じょし》が言《い》い合《あ》いになるのも、しょっちゅう。

クラスの仲《なか》がすごく悪《わる》い……というわけじゃ、ないんだけどね。

「吉村《よしむら》、お前《まえ》、まだママって呼《よ》んでんのぉ？」

「ママ――ぁ！」

休《やす》み時間《じかん》になるなり、悪《わる》ノリ筆頭《ひっとう》のエイコーを中心《ちゅうしん》に、吉村《よしむら》のまわりに集《あつ》まった男子《だんし》たちが、口々《くちぐち》にはやしたてた。

「……ち、ちがうよっ」

吉村《よしむら》は必死《ひっし》で否定《ひてい》するけれど。

「えー、うっそだぁ。ついさっき、ママって言《い》ったじゃーん」

「ウソツキー！」

さらに責《せ》められて、ぐっと言葉《ことば》につまった大《おお》きな目《め》が、みるみるうちに潤《うる》んでいく。

「あれ、泣《な》いちゃうの？　ママ大《だい》ちゅき吉村《よしむら》くん、泣《な》いちゃいまちゅかー？」

「ママー！　ぼく、いじめられたんだー！」

「よしよし、かわいそーでちゅねー」

「あははは！」

男子《だんし》がそろって笑《わら》う一方《いっぽう》で、心愛《ここあ》ちゃんたちも、

「六年生《ろくねんせい》にもなって、男子《だんし》がママって呼《よ》ぶなんて、マザコンなんじゃない？」

「うわ、吉村《よしむら》、サイテー」

陰口《かげぐち》をたたいて、くすくす笑《わら》ってる。みんなの表情《ひょうじょう》が、意地悪《いじわる》な小鬼《こおに》みたい。

なんか、やだな……。

誰《だれ》をどう呼《よ》ぶか、なんていうのは、それこそ個人《こじん》の自由《じゆう》だと思《おも》うのに。

「……ママって呼《よ》ぶの、そんなにおかしいかな？」

花日《はなび》も私《わたし》と同《おな》じことを思《おも》ったみたいで、首《くび》をかしげている。すると、まりんが、

「そうねえ……。男《おとこ》の人《ひと》が自分《じぶん》の母親《ははおや》のことを『ママ』って呼《よ》ぶのは、マザコンのいい証拠《しょうこ》みたいなものって、よく言《い》われるから」

そんなことを言《い》う。私《わたし》は「そうなの？」と、思《おも》わず真顔《まがお》で聞《き》き返《かえ》してしまった。

「えっ、マザコンって、なに？」

花日《はなび》がきょとんと、私《わたし》に質問《しつもん》してくる。

うーん……急《きゅう》に言《い》われると、どう説明《せつめい》したらいいのか、わからないけど……えっと、たしか……。

「お母《かあ》さんが大好《だいす》きなこと、かな？」

「えー。それなら別《べつ》に、いいと思《おも》うけどなぁ」

花日《はなび》はやっぱりピンとこないみたいだった。

……うん。そうだよね。私《わたし》も、それが悪《わる》いこととは思《おも》わないけど……。

すると。

「甘《あま》いわよ！」

そんな私《わたし》たちに、びしっとひとさし指《ゆび》をつきたてて、まりんが告《つ》げた。

「マザコンは、カレカノの敵《てき》なんだから。うちのお姉《ねえ》も、マザコンのカレシとつきあったことがあるんだけどね。デートの約束《やくそく》よりもママ優先《ゆうせん》、夜《よる》の電話《でんわ》もママに見《み》つかると怒《おこ》られるからって、すぐに切《き》られたりするんだって。せっかくのデートにまで、カレがママを連《つ》れてきたこともあったわーって、お姉《ねえ》、ぼやいてた」

「えぇ――！」

「そんなの、ヤダよね！」

周《まわ》りの女《おんな》の子《こ》たちが、口々《くちぐち》に言《い》う。

さすが、まりんのお姉《ねえ》さん。本当《ほんとう》に、いろんな経験《けいけん》してるんだな。

「たしかに、それはちょっと……困《こま》る、かも？」

「うん……」

頷《うなず》きながらも、花日《はなび》は納得《なっとく》がいかない顔《かお》をしている。でもそれは私《わたし》も同《おな》じだ。

そんなやりとりをしている間《あいだ》にも、少《すこ》し離《はな》れたところでは、男子《だんし》のからかいがまだ続《つづ》いていた。

「吉村《よしむら》ー、もっかいママって呼《よ》んでみろよー！」

「…………」

吉村《よしむら》が言葉《ことば》に詰《つ》まってなにも言《い》い返《かえ》せないのをいいことに、はやしている側《がわ》も調子《ちょうし》に乗《の》ってるんだろうな。

――うー、もう、黙《だま》ってらんない！

「やめ……」

やめなよ、と言《い》いかけたときだった。

「お前《まえ》ら、うるせーんだよ！」

そう、一喝《いっかつ》したのは、桧山《ひやま》だった。

しん……と、教室《きょうしつ》が静《しず》まり返《かえ》る。

桧山一翔《ひやまかずま》は、まっすぐな性格《せいかく》で、誰《だれ》よりも頼《たよ》れる……その、つまり、私《わたし》の彼氏《かれし》、だ。

だけど、私《わたし》もびっくりするような厳《きび》しい顔《かお》つきで、桧山《ひやま》はみんなを見回《みまわ》した。

「な、なんだよ、桧山《ひやま》」

「……………」

桧山《ひやま》が黙《だま》ったまま、エイコーたちお調子者男子《ちょうしものだんし》をにらみつけている。その迫力《はくりょく》に、クラスのみんなは、押《お》し黙《だま》るしかなかった。

「お前《まえ》らもさ。くだらないこと、いつまでも言《い》ってんなよな」

その言葉《ことば》は、ひそひそ話《はな》していた女子《じょし》に向《む》かってのものだった。

「や、やだ。怖《こわ》ーい」

中心《ちゅうしん》にいた心愛《ここあ》が、小《ちい》さく首《くび》をすくめて怯《おび》えてみせる。

そこでちょうど、チャイムが鳴《な》った。それで、私《わたし》たちは席《せき》に戻《もど》ったけど……クラスの空気《くうき》は、すっかり悪《わる》くなってしまっていた。

たしかに、しつこくからかわれている吉村《よしむら》は、かわいそうだった。でも、あんなに桧《ひ》山《やま》が怒《おこ》るなんて思《おも》わなくて、ちょっとびっくりした。

桧山《ひやま》は、私《わたし》の彼氏《かれし》……なのだけど、それは、クラスのみんなも実《じつ》はよく知《し》っていることなんだけど。……でも、なかなかカレカノっぽい雰囲気《ふんいき》にはなれなくて。何《なに》かというとケンカばっかり。

でも、大好《だいす》きな人《ひと》だから……どうしても、気《き》になっちゃうよ。

桧山《ひやま》、どうしてあんなに、怒《おこ》ってたの……？


……✻……✻……✻……

家《いえ》に帰《かえ》っても、私《わたし》の気持《きも》ちはスッキリしない。今日《きょう》はちょっと暑《あつ》くて汗《あせ》をかいたから、私《わたし》は夕《ゆう》ご飯《はん》の前《まえ》にシャワーを浴《あ》びることにした。

服《ふく》を脱《ぬ》いで、お風呂場《ふろば》でシャワーハンドルをひねる。最初《さいしょ》は冷《つめ》たい水《みず》で、少《すこ》し待《ま》たないと、お湯《ゆ》にならないんだよね。……なのに。

「あ、……あれ？」

どうしてかな。いつまでたっても温度《おんど》が上《あ》がらない。ずっとお水《みず》のままだ。

もしかして……給湯器《きゅうとうき》のスイッチ、オフにしたままかも？

慌《あわ》ててバスタオルを身体《からだ》に巻《ま》いて、給湯器《きゅうとうき》のパネルを見《み》てみたけど、なんだか文字《もじ》がちかちか点滅《てんめつ》している。

——え？　どうしよう。こんな表示《ひょうじ》、見《み》たことないよ。

仕方《しかた》がないから、もう一度《いちど》服《ふく》を着《き》て、お父《とう》さんに電話《でんわ》することにした。

「……もしもし」

『結衣《ゆい》か。どうした？』

仕事中《しごとちゅう》だったけど、お父《とう》さんはすぐに電話《でんわ》に出《で》てくれた。手短《てみじか》に事情《じじょう》を説明《せつめい》する。

「……うん、そうなの。給湯器《きゅうとうき》が壊《こわ》れちゃったみたいで、お湯《ゆ》が出《で》なくて……」

『そうか。うーん、それは困《こま》ったな』

一部始終《いちぶしじゅう》を話《はな》すと、お父《とう》さんは少《すこ》し考《かんが》えて、それから優《やさ》しい声《こえ》で言《い》った。

『とりあえず、帰《かえ》ったら見《み》てみるよ。ただ、今日《きょう》はちょっと遅《おそ》くなりそうだから、お風《ふ》呂《ろ》は我慢《がまん》してくれないか？』

「え。……う、うん……」

お風呂《ふろ》に入《はい》れないのは、正直《しょうじき》に言《い》えば、すごくイヤ。私《わたし》はもう、すっかり入《はい》る気分《きぶん》でいたし、昼間《ひるま》のホコリとかが全身《ぜんしん》にくっついていそうで、気持《きも》ちが悪《わる》いし……。

そんな私《わたし》の気持《きも》ちが伝《つた》わったのかもしれない。お父《とう》さんは、とっておきの提案《ていあん》をしてくれた。

『それか、銭湯《せんとう》に行《い》くしかないな』

「……行《い》く！　私《わたし》、そうする！」

即答《そくとう》してしまった。だって、家《いえ》から行《い》ける銭湯《せんとう》は限《かぎ》られている。桧山《ひやま》のお家《うち》がやっている銭湯《せんとう》だ。そこなら、もしかすると、桧山《ひやま》にも会《あ》えるかもしれないし！

私《わたし》が勢《いきお》いよく答《こた》えたせいで、お父《とう》さんは少《すこ》し面食《めんく》らったみたいだけど、『じゃあ、そうしなさい』と言《い》ってくれた。

『ただし、ひとりで行《い》くなら、今《いま》のうちにな。日《ひ》が暮《く》れたら、危《あぶ》ないから』

「うん、わかった。気《き》をつけるね！」

わぁ！　なんだか、ドキドキしてきちゃった。

桧山《ひやま》のお家《うち》の銭湯《せんとう》に行《い》ったことは、実《じっ》は初《はじ》めてじゃない。

開店前《かいてんまえ》の大《おお》きなお風呂《ふろ》を、桧山《ひやま》と一緒《いっしょ》に洗《あら》ったこともある。二人《ふたり》でお手伝《てつだ》いしたの、すごく楽《たの》しかったなぁ……。

今日《きょう》は、桧山《ひやま》に会《あ》えるかな？　たまに店番《みせばん》してるって、言《い》ってたし。

あ。でも、もし、番台《ばんだい》にいたらどうしよう！　それは困《こま》っちゃう……。

「……あ！　支度《したく》しなくちゃ！」

考《かんが》えてたら、どんどん日《ひ》が暮《く》れてきた。

たしか銭湯《せんとう》って、石《せっ》けんとかも自分《じぶん》で持《も》って行《い》かないといけないんだよね？　あと、
タオルと……ドライヤーって、借《か》りられるのかな？　それから替《か》えの洋服《ようふく》と……。

「よい、しょっと……」

気《き》づいたら、すっかり大荷物《おおにもつ》になっていた。でも、これで準備万端《じゅんびばんたん》のはず。

桧山《ひやま》に……会《あ》えたら、いいな。

私《わたし》は気合《きあ》いを入《い》れてカバンを抱《かか》えると、家《いえ》を出《で》た。


「あ……！」

出発前《しゅっぱつまえ》に願《ねが》った私《わたし》の思《おも》いが、通《つう》じたのかもしれない。

家《いえ》のお手伝《てつだ》いだろうか。桧山《ひやま》は、銭湯《せんとう》の前《まえ》の道《みち》を、竹《たけ》のホウキではき掃除《そうじ》していた。

いつもの、ちょっと不機嫌《ふきげん》そうな顔《かお》で。

「……蒼井《あおい》？」

どう声《こえ》をかけようか迷《まよ》っている私《わたし》に、桧山《ひやま》のほうが気《き》づいて、掃除《そうじ》する手《て》を止《と》めた。

「なんで？　っていうか、なんだよ、その大荷物《おおにもつ》」

「あ、えっと……家《いえ》のお風呂《ふろ》が壊《こわ》れちゃって、それで、お風呂《ふろ》に入《はい》りに来《き》たの」

「ふぅん。旅行《りょこう》にでも行《い》くのかと思《おも》った」

「何《なに》が必要《ひつよう》かなって考《かんが》えてたら、いつの間《ま》にか、つい……」

心配性《しんぱいしょう》なのかもしれないけど、私《わたし》って準備《じゅんび》のしすぎで、こんな風《ふう》にいっつもカバンがパンパンになっちゃうんだよね。

「しょうがねーなぁ」

ぷっ、と桧山《ひやま》が笑《わら》う。

「わ、笑《わら》うことないでしょ」

そう言《い》いながらも、本当《ほんとう》は、私《わたし》もうれしい。桧山《ひやま》が、笑《わら》ってくれたから。

——そうだ。今《いま》なら、勇気《ゆうき》を出《だ》して言《い》えるかも。

「ねぇ、桧山《ひやま》。さっき……うまく止《と》められなくてごめんね」

「……さっきって？」

「休《やす》み時間《じかん》に。ほら、……吉村《よしむら》のこと」

私《わたし》がそう切《き》り出《だ》すと、途端《とたん》に、桧山《ひやま》の表情《ひょうじょう》がこわばった。

なんだか怖《こわ》い顔《かお》。どうしてそんな表情《ひょうじょう》をするの……？

「ママって呼《よ》んでも、別《べつ》にぜんぜん……いいのにね。女子《じょし》もマザコンとかって、言《い》い過《す》ぎだったし……」

「そういうことじゃ、ねーんだよ」

私《わたし》がきょとんとしていると、桧山《ひやま》がふっと目《め》をそらす。

……え？

「とにかく、女《おんな》にはわかんねーことなんだから、口《くち》を挟《はさ》むな」

なに、それ。そんなに突《つ》き放《はな》した言《い》い方《かた》しなくても……。

「そんなふうに言《い》わなくたって、いいじゃない」

思《おも》わず言《い》い返《かえ》すと、桧山《ひやま》はまた不機嫌《ふきげん》そうに舌打《したう》ちをして、私《わたし》に背《せ》を向《む》けた。

まるで、話《はな》すことなんかない、っていうみたいに。

「桧山《ひやま》！」

「あのな……っ」

桧山《ひやま》が大《おお》きく息《いき》を吸《す》う。何《なに》か言《い》おうとしているみたいだ。——でも。

「おや、かわいいお客《きゃく》さんだねー！」

表《おもて》に出《で》てきたのは、小柄《こがら》なお婆《ばあ》さんだった。この人《ひと》は……たしか、桧山《ひやま》の……。

「……ばーちゃん！」

「あら、あなたは……」

「こ、こんばんは！」

私《わたし》は大《おお》きな荷物《にもつ》ごと、全身《ぜんしん》でおじぎをした。

わわっ！　桧山《ひやま》のおばあさんに、ちゃんとご挨拶《あいさつ》するの、初《はじ》めてかもしれない。緊張《きんちょう》しちゃう……。

「私《わたし》、蒼井結衣《あおいゆい》っていいます。今日《きょう》は、家《いえ》のお風呂《ふろ》が壊《こわ》れちゃって、それで」

「ああ、そうなの。大変《たいへん》だったねぇ。さ、どうぞどうぞ！　ゆっくりしていってね」

「は、はい」

おばあさんに案内《あんない》されて、銭湯《せんとう》ののれんをくぐる。

ちらっと振《ふ》り返《かえ》ったけど、桧山《ひやま》はほうきを握《にぎ》ったまま、そっぽを向《む》いていた。

……また、ケンカみたいになっちゃった。そんなつもり、なかったのに。

はぁ、と私《わたし》は深《ふか》いため息《いき》をついた。

桧山《ひやま》のおばあさんに、いろいろ教《おそ》わって、荷物《にもつ》をロッカーに預《あず》けてお風呂《ふろ》に入《はい》る。

まだこの時間《じかん》はすいているみたい。私《わたし》は一番隅《いちばんすみ》の蛇口《じゃぐち》を選《えら》ぶと、洗《あら》い場《ば》でゆっくり身体《からだ》と頭《あたま》を洗《あら》ってから、大《おお》きな湯船《ゆぶね》に浸《つ》かった。たっぷりのお湯《ゆ》が気持《きも》ちいい。

「ふわぁ……」

なんて、声《こえ》が出《で》ちゃうくらい。でも……。

落《お》ち着《つ》いてくると、どうしても考《かんが》えてしまう。さっきの出来事《できごと》について、とか。

どうして桧山《ひやま》と私《わたし》って、すぐにケンカになってしまうんだろう。

桧山《ひやま》はすごく優《やさ》しい。それを私《わたし》はよく知《し》っている。桧山《ひやま》は私《わたし》のことを、私《わたし》よりわかってくれている。

そして私《わたし》も、こんなに全力《ぜんりょく》で人《ひと》を好《す》きになることはないって、そう思《おも》っているのに。

たまに、桧山《ひやま》の考《かんが》えていることが、わからなくて……。

親友《しんゆう》の花日《はなび》は、彼氏《かれし》の高尾《たかお》と、いつでも仲《なか》が良《よ》くて、ちゃんとカレカノしてる。

それに比《くら》べて、なんで、私《わたし》たちはこうなんだろう……。

そう思《おも》うと、胸《むね》がぎゅって痛《いた》くなる。考《かんが》えただけで、本当《ほんとう》に痛《いた》くなるのが、なんだか不思議《ふしぎ》だけど。でも、私《わたし》は……それくらい、桧山《ひやま》のこと……大好《だいす》き、なのに。

なんで、こうなっちゃうのかな……。

「ママー」

「あー、はいはい。泡《あわ》が目《め》に入《はい》っちゃったかな？」

ふと、洗《あら》い場《ば》にいた小《ちい》さな女《おんな》の子《こ》と、お母《かあ》さんの姿《すがた》が目《め》に入《はい》った。

「ママがふいてあげる。ほら。大丈夫《だいじょうぶ》よ、ね？」

お母《かあ》さんが、優《やさ》しく微笑《ほほえ》んでる。

……私《わたし》のお母《かあ》さんも、あんな風《ふう》に、いつも優《やさ》しかった。

もし今《いま》、お母《かあ》さんが生《い》きていてくれたら、こんなときも、「桧山《ひやま》とケンカしちゃった」とか、いろいろ恋愛相談《れんあいそうだん》なんかも、できたのかな……。

いつもはできるだけ、気《き》にしないようにしてるけど……こういうときは、どうしても思《おも》い出《だ》しちゃう。

「お母《かあ》さん……」

小《ちい》さく声《こえ》に出《だ》してみたら、ますます悲《かな》しくなってしまって、私《わたし》はしばらく、お風呂《ふろ》から出《で》ることができずにいた。

顔《かお》についた温《あたた》かい水滴《すいてき》が、お湯《ゆ》なのか、それとも涙《なみだ》なのか……自分《じぶん》でも、よくわからなかった。

……＊……＊……＊……

次《つぎ》の日《ひ》、学校《がっこう》に行《い》くと、日直《にっちょく》の子《こ》から、ぺらりと一枚《いちまい》の紙《かみ》が渡《わた》された。

「アンケート？」

手書《てが》きで、質問《しつもん》がいくつか並《なら》んでいる。

「うん。新聞部《しんぶんぶ》の活動《かつどう》なんだって」

「そうなんだ。ちょっと楽《たの》しそう」

どんな質問《しつもん》なのかな？　そう思《おも》いながら読《よ》んでみると、最初《さいしょ》の質問《しつもん》は、『お母《かあ》さんを家《いえ》でなんて呼《よ》びますか？』と書《か》いてあった。

「これ……」

「いい質問《しつもん》でしょ。これでうちのクラスの男子《だんし》で、誰《だれ》がマザコンかわかるし」

「心愛《ここあ》ちゃん……」

どうやら、心愛《ここあ》ちゃんが提案《ていあん》して、新聞部《しんぶんぶ》にアンケートをとらせたみたい。

「ナイスアイデアだね、心愛《ここあ》ちゃん！」

周《まわ》りの女《おんな》の子《こ》たちにほめられて、心愛《ここあ》ちゃんは「ふふっ」と腕組《うでぐ》みをして笑《わら》った。

「吉村《よしむら》ー、お前《まえ》はちゃんと、ママって書《か》けよ！」

「嘘《うそ》つくんじゃねーぞ、マザコン！」

「…………」

アンケートの紙《かみ》を前《まえ》に、吉村《よしむら》はまたエイコーたちにからかわれている。女子《じょし》もクスクス笑《わら》って見《み》ているばっかりだ。ああ……なんだか、すごくイヤな感《かん》じ。なんでそうやって、お母《かあ》さんのことでからかったりするんだろう。

――やっぱりこんなの、黙《だま》ってられないよ。

「もう、やめようよ。こんなのおかしい！」

私《わたし》は振《ふ》り返《かえ》って、そう言《い》った。

「なんだよ、蒼井《あおい》。マザコン吉村《よしむら》をかばうなんて……えーっ、ふたり、あーやしー！」

「さては、浮気《うわき》だなー‼　おーい桧山《ひやま》ー、お宅《たく》の奥《おく》さんが浮気《うわき》してますよー」

からかいの言葉《ことば》が、今度《こんど》はこっちに投《な》げつけられてきた。

「ちょ……っ！」

よりにもよって、浮気《うわき》とか。やめてよ、そんなつもりないのに！

「なーんと蒼井《あおい》が参戦《さんせん》しました！　吉村争奪戦《よしむらそうだつせん》！」

「ひゅーひゅー！」

……なのに、クラス中《じゅう》がもう、大騒《おおさわ》ぎだ。

「蒼井《あおい》が浮気《うわき》です！　桧山《ひやま》、これはショーック！　解説《かいせつ》のトモヤさん、いかがですか」

「やぁ、これはキツいですね。カレカノの危機《きき》といえるでしょう」

さっそくエイコーが、悪《わる》ノリ仲間《なかま》のトモヤと一緒《いっしょ》になって、エアマイクで実況《じっきょう》ごっこを始《はじ》めている。その横《よこ》でコクコクと黙《だま》ってうなずいているのは、三馬鹿《さんばか》トリオの最後《さいご》のひとり、委員長《いいんちょう》だ。

――ああ、もう！

「いかがですか、桧山《ひやま》くん？」

「……いい加減《かげん》にしろよっ！」

エアマイクを向《む》けるエイコーの襟首《えりくび》を、椅子《いす》から立《た》ち上《あ》がった桧山《ひやま》がつかんだ。

「お、おい、桧山《ひやま》？」

「ちょ、やめろって！　なにマジになってんだ」

「た、ただのジョーダンだし、おい……」

「……うるさいっつってんだろ！」

——桧山《ひやま》、すごい怒《おこ》ってる。

笑《わら》いごとなんかじゃ済《す》ませない迫力《はくりょく》は、その真剣《しんけん》な横顔《よこがお》からも伝《つた》わってきた。

「なんだよ、桧山《ひやま》。こないだからやたら、やめろって言《い》って。……あ、もしかして、桧《ひ》山《やま》も実《じつ》は、家《いえ》のなかじゃ自分《じぶん》の母親《ははおや》のことママーって呼《よ》んでんだろ！」

「そんなんじゃねーよ」

「えー、あやしー！　ママーママー。桧山《ひやま》もマザコンだー！　マザコン桧山《ひやま》ー！」

はやしたてる男子《だんし》の声《こえ》に、ますます桧山《ひやま》の表情《ひょうじょう》が険《けわ》しくなる。

「え……桧山《ひやま》が？　信《しん》じられない……」

「ショックー」

女《おんな》の子《こ》たちが、口々《くちぐち》にざわつく。

「そっかー、桧山《ひやま》もマザコンなんだ。意外《いがい》ー。かっこつけてるのに、マザコン坊《ぼう》やなんて、ちょっとサイテーなんですけど」

心愛《ここあ》ちゃんは、そう笑《わら》って言《い》った。

聞《き》いている私《わたし》のほうが、胸《むね》がキリキリと痛《いた》くなってくる。

——ひどい。そんなんじゃないのに……。

「違《ちが》うよ、桧山《ひやま》は……」

「おーっと？　ここでカノジョからのフォローか？」

嬉々《きき》として、トモヤが私《わたし》のほうに飛《と》んでくる。

「桧山《ひやま》は……」

母《かあ》さんって呼《よ》んでるよ、って、言《い》おうとして、やめた。

だって、違《ちが》うもん。私《わたし》が言《い》いたいのは、そういうことじゃないから。

……やだ、なんでここで、ぎゅーって胸《むね》が苦《くる》しくなるんだろう。

イライラするような、凍《こご》えるほどさみしくて、泣《な》きたくなるような気持《きも》ち……。

桧山《ひやま》はマザコンじゃないよ、って？　ママって呼《よ》んでない、って？

ううん、違《ちが》う。……そうじゃなくて。私《わたし》が、みんなに伝《つた》えたいのは……。

ひゅっと、喉《のど》の奥《おく》で息《いき》が詰《つ》まったような気《き》がした。涙《なみだ》がせりあがってくる。

そんな私《わたし》を、桧山《ひやま》がハッとしたように見《み》つめた。

「……ママでも、お母《かあ》さんでも、いいじゃない……呼《よ》べる相手《あいて》が、いるんだから」

それだけ、やっとの思《おも》いで言《い》うと、ようやく、教室《きょうしつ》の騒《さわ》ぎがすーっと静《しず》まった。

――そうだ。私《わたし》が一番《いちばん》言《い》いたかったのは、そのことなんだ。

全身《ぜんしん》がカッと熱《あつ》くなった。それなのに指先《ゆびさき》と足先《あしさき》は、ふるえるくらい冷《つめ》たくて、胸《むね》の中《なか》に台風《たいふう》が吹《ふ》き荒《あ》れているみたいに、気持《きも》ちがぐちゃぐちゃになる。

「マザコンだって、いいじゃない！　自分《じぶん》のお母《かあ》さんのことが大好《だいす》きで、なにが悪《わる》いっていうの？　わ……私《わたし》だって、お母《かあ》さん、大好《だいす》きだったもん。ママって……呼《よ》んだら、答《こた》えてくれる相手《あいて》がいるんだったら、みんな、いっぱい、……どんな呼《よ》び方《かた》でも、いっぱい呼《よ》べばいい……っ」

話《はな》しているうちに、目《め》のあたりがじわっと熱《あつ》くなって、喉《のど》が詰《つ》まって、……言葉《ことば》が、途《と》切《ぎ》れた。

――お母《かあ》さん。

私《わたし》がそう呼《よ》ぶと、いつも、「なあに？　結《ゆ》衣《い》」って、優《やさ》しい声《こえ》で答《こた》えてくれた。

でも、もう……いないの。

私《わたし》には、いくら呼《よ》んだって、そう答《こた》えてくれる人《ひと》は……もう、いないんだよ。

「結《ゆ》衣《い》ちゃん……」

花《はな》日《び》が、心配《しんぱい》そうに私《わたし》の冷《ひ》えた手《て》に触《ふ》れた。

教室《きょうしつ》のなかは、完全《かんぜん》に静《しず》まり返《かえ》ってる。あのお調子者《ちょうしもの》のエイコーですら、何《なに》も、ひとことも言《い》わなかった。

でも、ぎりぎりで、私《わたし》は涙《なみだ》をこらえて、ぐっと唇《くちびる》を噛《か》む。

胸《むね》の奥《おく》が、痛《いた》くて、苦《くる》しい。

「……ごめん。ちょっと私《わたし》、頭《あたま》冷《ひ》やしてくる」

誰《だれ》にも、桧《ひ》山《やま》にも、これ以上《いじょう》泣《な》きそうな顔《かお》を見《み》られたくなくて。

私《わたし》は、いたたまれない気持《きも》ちで、教室《きょうしつ》を飛《と》び出《だ》した。

学校《がっこう》の裏庭《うらにわ》には、誰《だれ》もいない。

植《う》え込《こ》みの陰《かげ》に隠《かく》れるようにして、私《わたし》はしゃがみこんだ。

走《はし》ったから、息《いき》が少《すこ》し苦《くる》しい。何度《なんど》も深呼吸《しんこきゅう》をしながら、スカートのポケットから出《だ》したハンカチで涙《なみだ》を拭《ぬぐ》った。

――あんな風《ふう》に、感情的《かんじょうてき》になるつもりはなかったのに。教室《きょうしつ》に戻《もど》るの、気《き》まずいな。

桧山《ひやま》は、最初《さいしょ》から……私《わたし》を心配《しんぱい》してくれてたんだ。あのままお母《かあ》さんの話題《わだい》が続《つづ》くことで、私《わたし》がこうやって、泣《な》かないように。

私《わたし》のことを、私《わたし》よりもずっとわかってくれている男《おとこ》の子《こ》だから。

だけど、あのまま何《なに》も言《い》わないなんて、もっとできなかった。……でも。

泣《な》いて逃《に》げ出《だ》しちゃうなんて、桧山《ひやま》に、みんなに、悪《わる》いことしちゃった。

「もう、戻《もど》らなくちゃ……」

どうにか涙《なみだ》も止《と》まったし、花日《はなび》も心配《しんぱい》してるだろうから。

そのとき、だった。

「蒼井《あおい》！」

頭《あたま》の上《うえ》から声《こえ》が降《ふ》ってきた。

「……桧山《ひやま》？」

驚《おどろ》いて顔《かお》をあげると、ぜえぜえと息《いき》を切《き》らした桧山《ひやま》が立《た》っていた。

「お前《まえ》、なんでこんな所《ところ》にいるんだよっ」

その額《ひたい》に、うっすら汗《あせ》が浮《う》かんでる。そんなに走《はし》って、探《さが》し回《まわ》ってくれたんだ。

「どうせ、またひとりで泣《な》いてたんだろ！」

「ご、ごめん」

強《つよ》い口調《くちょう》で言《い》われて、私《わたし》は慌《あわ》てて謝《あやま》る。

そうしたら、桧山《ひやま》はぐっと唇《くちびる》を噛《か》んでから、ぐしゃぐしゃと自分《じぶん》の髪《かみ》の毛《け》をかき回《まわ》し、

「ああもうっ！」と小《ちい》さく唸《うな》った。

「……そうじゃなくて。ひとりで、泣《な》くな」

「桧山《ひやま》……」

——ひとりで、泣《な》くな。

その言葉《ことば》が、優《やさ》しくて、うれしくて。

一度《いちど》は止《と》まった涙《なみだ》が、また、こみ上《あ》げてきてしまった。

「……ダセぇ」

ぼそっと、私《わたし》から視線《しせん》を外《はず》して、桧山《ひやま》がぶっきらぼうにつぶやく。

また、怒《おこ》っちゃったかな。ちょっとびくっとして、私《わたし》は「ごめん」ともう一度《いちど》謝《あやま》った。

「違《ちが》う。ダサいのは、俺《おれ》、だから」

桧山《ひやま》は、悔《くや》しそうに眉《まゆ》をしかめて、言葉《ことば》をつむいだ。

「……そんなふうに、泣《な》かせたくなかったのに。オレがまだガキだから、あいつら止《と》められなくて。……蒼井《あおい》のこと、守《まも》れなかった」

そうだ。いつもそうだった。

私《わたし》が自分《じぶん》の気持《きも》ちに気《き》づくよりもずっと前《まえ》に、桧山《ひやま》は私《わたし》の気持《きも》ちをわかってた。

呼《よ》び方《かた》なんてどうでもいい。返事《へんじ》をしてくれるお母《かあ》さんが、みんなには、いるって。

みんなの言葉《ことば》をさえぎって、傷《きず》つく私《わたし》の心《こころ》を、先回《さきまわ》りして守《まも》ってくれていた。

桧山《ひやま》があんなに怒《おこ》って、「やめろ」って言《い》っていたのは、私《わたし》のことを思《おも》ってくれていたから……。

その気持《きも》ちが今《いま》さら胸《むね》に響《ひび》いて、それがうれしくて、また涙《なみだ》が出《で》てくる。

でもココロは、もう痛《いた》くはない。ドキドキ、ふわふわ、温《あたた》かい。

桧山《ひやま》はいつだって——そりゃあ素直《すなお》じゃないけど、本当《ほんとう》はとっても優《やさ》しいんだ。

私《わたし》、ずっとわかってたのに。

大好《だいす》きって気持《きも》ちが溢《あふ》れて、ぜんぶ涙《なみだ》になっちゃうみたいだった。

「ありがとう……」

「……ったく」

照《て》れ隠《かく》しみたいに呟《つぶや》いて、桧山《ひやま》が唇《くちびる》を尖《とが》らせる。それから、私《わたし》をちらっと見《み》て。

「もう、泣《な》くなよ」

「……うん」

ほら、と、桧山《ひやま》は手《て》を差《さ》し出《だ》してくれた。

太陽《たいよう》を背中《せなか》にして、その少《すこ》し茶色《ちゃいろ》がかった髪《かみ》が、キラキラ光《ひか》ってる。……なんだか、

まぶしくて。光《ひかり》の王冠《おうかん》をかぶった王子様《おうじさま》みたいって、思《おも》った。

「…………」

ドキドキしながら手《て》を伸《の》ばすと、桧山《ひやま》が私《わたし》の手《て》を握《にぎ》って、立《た》たせてくれる。

それはココロにしみ入《い》るみたいに、温《あたた》かくて、力強《ちからづよ》かった。

そのまま、桧山《ひやま》は私《わたし》の手《て》を引《ひ》いて、教室《きょうしつ》へ向《む》かって歩《ある》き出《だ》した。

ハンカチで目元《めもと》は拭《ぬぐ》ったけど、まだ目《め》が赤《あか》い私《わたし》が、帰《かえ》りにくくないように。

——守《まも》って、くれてる。その背中《せなか》を、ずっと見《み》ていたいって、思《おも》った。

「ねえ、桧山《ひやま》」

「なんだよ」

「桧山《ひやま》は自分《じぶん》のことダサいって言《い》ったけど……ぜんぜん、そんなことないよ」

いつでも、私《わたし》にとって一番大事《いちばんだいじ》なことを考《かんが》えてくれてる。誰《だれ》よりカッコいいと思《おも》う。

「……でも、まだまだ、だよ」

ちらっと私《わたし》の顔《かお》を見《み》て、桧山《ひやま》がつぶやく。

「蒼井《あおい》……」

それから、桧山《ひやま》はじっと、真剣《しんけん》な表情《ひょうじょう》で私《わたし》を見《み》つめる。

私《わたし》はぎゅっとハンカチを握《にぎ》りしめて、桧山《ひやま》を見《み》つめ返《かえ》す。心臓《しんぞう》が自分《じぶん》のものじゃないみたいに、ドキドキしてる。

「オレ……」

「……桧山《ひやま》……？」

ふたりの間《あいだ》の距離《きょり》が、近《ちか》づく。桧山《ひやま》はゆっくり、何《なに》か言《い》いかけた。……だけど。

「結衣《ゆい》ちゃん、いたー！」

「ちょっと、花日《はなび》！」

まりんちゃんの慌《あわ》てた声《こえ》がした。その前《まえ》に声《こえ》をかけてきたのは花日《はなび》だ。

驚《おどろ》いて桧山《ひやま》がぱっと離《はな》れた途端《とたん》、涙目《なみだめ》の花日《はなび》が、一目散《いちもくさん》に私《わたし》に飛《と》びついてきた。

「花日《はなび》……」

「ごめんね、結衣《ゆい》ちゃん！　私《わたし》たち、お母《かあ》さんのこと、気《き》づいてあげられなくて……。

本当《ほんとう》に、ごめん！」

あーんって声《こえ》をあげて泣《な》き出《だ》した花日《はなび》の手《て》は、とっても温《あたた》かくて、優《やさ》しくて。

「ううん、気《き》にしてないよ。大丈夫《だいじょうぶ》。……探《さが》しに来《き》てくれて、ありがとう」

よしよしって頭《あたま》を撫《な》でてあげると、ますます花日《はなび》は泣《な》いてしまう。

「もう泣《な》かないで？　はい、ハンカチ」

ちょっと湿《しめ》ったハンカチを手渡《てわた》すと、こくんと花日《はなび》が頷《うなず》く。

「蒼井《あおい》、桧山《ひやま》」

もう一《ひと》つ、声《こえ》が重《かさ》なった。

「吉村《よしむら》……」

花日《はなび》と一緒《いっしょ》に来《き》ていたのは、まりんだけじゃなかった。そこに、吉村《よしむら》もいた。

さっきよりずっと晴《は》れやかな表情《ひょうじょう》をして、吉村《よしむら》は私《わたし》たちに口《くち》を開《ひら》いた。

「桧山《ひやま》、かばってくれて、ありがとう。僕《ぼく》、もう平気《へいき》だよ」

「別《べつ》に、お前《まえ》をかばったわけじゃ……」

照《て》れ隠《かく》しっぽく、ごにょごにょと桧山《ひやま》が語尾《ごび》を濁《にご》す。

そんな桧山《ひやま》に、吉村《よしむら》は笑《わら》いかける。

「でも、うれしかったんだ。……それに、僕《ぼく》はたしかにママが好《す》きだけど、それを恥《は》ずかしいなんて思《おも》わない。そう決《き》めたんだ」

「そっか……」

きっぱりと言《い》い切《き》った吉村《よしむら》に、私《わたし》も自然《しぜん》と口元《くちもと》に笑《え》みが浮《う》かんだ。

よかった。ちゃんと伝《つた》わったんだ。

「うん、そうだよ！　私《わたし》も、おかしくないと思《おも》う！」

花日《はなび》が同意《どうい》する。すると、どこか気《き》まずそうにしていたまりんが、ぱっと吉村《よしむら》に向《む》かって勢《いきお》いよく頭《あたま》を下《さ》げた。

「ごめんね。マザコンとか言《い》っちゃって！」

よかった。そうやって、ちゃんと謝《あやま》れるところが、まりんのいいところだと思《おも》う。

「いいよ。謝《あやま》ってくれて、ありがとう」

吉村《よしむら》もそう言《い》って、笑《わら》っている。

「……よかったな」

私《わたし》がほっとしたのに気《き》づいて、桧山《ひやま》がぼそりとつぶやいた。

うん。本当《ほんとう》に、良《よ》かった。みんなが仲直《なかなお》りできて。

「教室《きょうしつ》、戻《もど》ろうぜ」

桧山《ひやま》の声《こえ》に、私《わたし》は頷《うなず》く。

「うん。桧山《ひやま》……ありがとうね」

「……も、もういいって」

それから桧山《ひやま》は、ふと私《わたし》の耳《みみ》もとに顔《かお》を近《ちか》づけると、こうささやいた。

「お前《まえ》が泣《な》くときは絶対《ぜったい》、オレがそばにいるから」

自分《じぶん》で言《い》ってから、照《て》れくさくなったのか、その耳《みみ》たぶが、赤《あか》くなってる。

桧山《ひやま》のこういう不器用《ぶきよう》なところも、ぜんぶ……好《す》き。

「吉村《よしむら》、先《さき》に行《い》こうぜ！」

桧山《ひやま》が声《こえ》をかけて、先頭《せんとう》をきって教室《きょうしつ》へと走《はし》り出《だ》す。

「あーあ、先《さき》に行《い》っちゃうなんて、桧山《ひやま》ってば。カレカノ的《てき》にまだまだよねー」

まりんちゃんが、呆《あき》れたように首《くび》を横《よこ》に振《ふ》ったけど。

「そんなことないよ。桧山《ひやま》は……」

ちゃんと、彼氏《かれし》、だよ。……私《わたし》の、最高《さいこう》の彼氏《かれし》。

そう言《い》いかけたけど恥《は》ずかしくて、黙《だま》ってしまう。

そんな私《わたし》を、まりんと花日《はなび》が、興味津々《きょうみしんしん》って感《かん》じで覗《のぞ》き込《こ》んでくる。

「ねぇ、もしかして、さっき……ふたりっきりのとき、キス、しそうになってた？」

まりんの言葉《ことば》に、ぴょこっとツインテールをはねあげて、花日《はなび》が反応《はんのう》する。

「え！　結衣《ゆい》ちゃん、そうなの？」

純粋《じゅんすい》な目《め》で見《み》つめられて、ますます困《こま》ってしまう。

「え……ち、違《ちが》うよ！　もう！　ふたりとも、教室戻《きょうしつもど》ろ！」

あわててごまかしたけど、たぶん私《わたし》の顔《かお》は、真《ま》っ赤《か》になっていたはずだ。

私《わたし》のココロを、いつも守《まも》ってくれる桧山《ひやま》。

私《わたし》は桧山《ひやま》に、どんなふうに、この幸《しあわ》せな気持《きも》ちを伝《つた》えたらいいんだろう。

ゆっくり……でも、ずっと。

私《わたし》の〝大好《だいす》き〟のココロが、桧山《ひやま》とつながっていられますように。

♥

小学館
CIÀO BOOKS
♥♥♥

# 小説 12歳。
～キミとふたり～

原作／まいた菜穂
著／山本櫻子

2018年12月11日初版第1刷発行

発行人／細川祐司
編集人／筒井清一
編集／藤谷小江子

発行所／株式会社　小学館
〒101-8001　東京都千代田区一ツ橋2-3-1
電話・編集／03-3230-5613
営業／03-5281-3555

印刷／三晃印刷株式会社
製本／株式会社若林製本工場

イラスト／まいた菜穂
デザイン／sa-ya design



Printed in Japan　ISBN　978-4-09-289801-1